穗初——著
jond-D——繪
網遊之
真命在鄰座
上

楔子　成爲討厭鬼的契機

這間醫院才創立不到一年，設備新穎，連走廊兩側的牆壁都還是雪白無垢，偏偏從盡頭處數來第三間的病房裡，住了一個黑心的人。

女孩門也不敲就推門而入，裡頭那個應該傷重不治……呸呸呸，傷到精神慘澹的傢伙竟然正悠悠哉哉照著鏡子，撥弄頭髮。

「你還好吧？」她制式地拋出一個答案早已擺在眼前的問句，將手中的水果放到病床旁的櫃子上，「老媽叫我來看你。」

即使躺在病床上，他的頭髮還是豎立得有型，她猜肯定比平常多用了兩倍的髮膠。

男孩看著她，嘴角不自覺挑起招牌痞氣笑容，心裡明明很高興，卻硬是裝作滿不在乎。「那麼不想來就別來。」

女孩撇了撇嘴，這人腿都被撞斷了，還有閒情逸致打理髮型，看來除非天塌下來，壓他個全身粉碎性骨折，否則他肯定不會允許自己的外型出現一絲不完美。

「你這麼討厭我，爲什麼還要救我？」她忍不住問。

「不要誤會，這跟討不討厭妳沒有關係，在那種生死關頭，不論對方是誰，我都會這麼做，看到有人在我面前變成肉醬太噁心了。」儘管嘴上說得淡然，男孩卻別開了眼。

捨己爲人的英雄也是會歹勢的。

「藉口眞多，但還是謝謝你。」即使他的態度像個彆扭的屁孩，但看在他救了自己的分上，她仍是眞心誠意地說：「這件事是一個轉捩點，從今天開始，我希望我們之間的關係可以變得和緩。」

聞言，他淺淺挑起嘴角，從枕頭底下摸出一包乳牛牌鮮奶餅乾，拍拍她的頭。

「想要回味一下小時候的美好時光嗎？」

＊

莫予齊在顧雲曉心中並不是一直都是個討厭鬼。

嗯，起碼在他們認識的第一天不是。

那年他們五歲，就讀同一所幼稚園。

上學第一天，老師就把莫予齊這個冷著一張臉的酷酷小男生安排在顧雲曉的座位旁，因爲顧雲曉看起來乖巧，比同齡的孩子文靜，不像這小鬼小小年紀就流露叛逆氣質，老師便要她多多照顧他。

「雲曉，媽媽說妳在家是個好姊姊，那妳能像照顧弟弟那樣幫老師照顧予齊嗎？」老師搭著顧雲曉的肩，和藹詢問。

五歲的小雲曉眨著大眼，指著被老師牽著手、傲嬌地將小臉偏向一邊的小冷男，童稚的聲音天真無邪：「所以……他是我和哥哥的弟弟嗎？」

「他是妳的同學，也是坐在雲曉隔壁的鄰居喔，不是妳弟弟。但老師希望妳能像照顧弟弟那樣照顧他，可以嗎？」

顧雲曉溫順地點點頭：「媽媽有說要愛護同學。」

「雲曉好乖。」老師將小冷男的手交到她的手上，「他叫做予齊，你們現在是好朋友嘍。」

小雲曉很聽話，眞的很愛護這個從天而降的「新弟弟」。

「我是雲曉，我以後會照顧你。」她像對待弟弟那樣摸摸小予齊柔軟的頭髮，態度很友善。

而小予齊只是不屑地一哼，甩掉她的手：「妳不要亂摸我！誰要妳照顧我！」

「老師啊。」她覺得很無辜，看著皺著一張臉的他，想起媽媽說過弟弟無理取鬧的時候要讓著弟弟，不要計較，「雖然你好凶，但我是姊姊，不會跟你計較。」

她又伸手放上他的頭頂。

「妳才不是我姊姊！」

雖然莫予齊對顧雲曉的態度一直不太好，但顧雲曉只當自家弟弟在鬧彆扭一樣，並沒有特別放在心上。

眞正的梁子是在後來結下的。

那時顧雲曉正在吃鮮奶餅乾，她自己先吃了一片，再拿一片剝得碎碎的，放到莫予齊桌上要分他吃。媽媽都是要她這樣弄給兩歲的弟弟吃的。

但是這個舉動看在莫予齊眼裡可不是這麼回事，他認爲她不僅吃相難看，還一直把餅乾屑往他桌上丟，根本存心找碴。

「喂！臭雲曉，妳很髒耶！」他終於忍不住，一把將那些餅乾碎屑掃到地上。

「啊？」顧雲曉對於自己的好意被誤解感到委屈，大叫：「你幹麼啊？那些是要分你吃的，你怎麼可以丟地上！」

「明明是妳一直把碎屑弄到我這邊！妳這個髒鬼！」他狠狠瞪她，還伸手打了她一下。不愛乾淨的小孩就是要修理！

「是你不愛惜食物！」這傢伙眞是不識好歹，那可是她最喜歡吃的餅乾耶！好心和他分享，他居然做出這種事！顧雲曉也一拳揍回去。

兩個小鬼就這麼拳打腳踢起來，惹得老師風風火火從教室另一頭跑過來調解。

自此以後，在顧雲曉心中，莫予齊就被定位成超級討厭鬼了。

如今，這麼根深蒂固的形象終於有了翻轉的契機，特別是在先前發生了某件事，而她又被他所救之後——

莫予齊咧嘴一笑，撕開餅乾包裝，仿照她當年的作法把餅乾剁成碎屑，朝床邊的她丟去。

顧雲曉目瞪口呆，她簡直不敢相信世界上竟會有這麼幼稚又愛記恨的人！要她跟莫予齊好好相處？除非天塌下來壓死她，否則絕對沒有那一天！

因爲他，顧雲曉再也不是那個天眞爛漫的單純女孩了。只要能對付他這個嘴賤手賤渾身上下無一不賤的腹黑臭男生，她就算修成蛇蠍毒婦也在所不惜！

但正所謂道高一尺魔高一丈，她的唇槍舌劍總是輕易被擋下，偏偏老天還不長眼，讓她從幼稚園到高中都擺脫不掉這個鄰座惡鬼……

「哇塞顧雲曉，這東西還算是考卷嗎？是血書吧！」國中第一次數學平時考，莫予齊抓著她的滿江紅誇張地喊，「欸欸欸，這是小六銜接的課程內容耶，考成這樣，妳智力測驗時八成作弊吧，不然怎麼能跟我同班？」

「要不是智力測驗寫得太順利，我才不屑跟你同班好嗎！」

「不要說我不相信妳，我想妳一定是上課不夠認真。那好，這就來訓練一下妳的專注力，我講個故事，這個故事的時間總共有四天，妳聽好。」他將自己的桌椅和她的併在一起，上身靠過去，豎起食指比了個「一」：「現在是第一天。」

她覺得討厭鬼根本是把她當學齡前兒童在啟蒙！

「有一個人叫小明，他老婆對他說：『老公，我今天晚餐會煮特別的，你要早點回家喔！』但是晚上小明回到家，發現菜色跟平常一模一樣，於是不高興地說：『老婆，妳不是說要煮特別的嗎？』他老婆就嗆他：『是你在煮還是我在煮，閉嘴啦！』」

他又豎起另一根手指，「到了第二天，小明對老婆說：『老婆，我今天會提早下班，帶妳出去逛逛。』於是他老婆興高采烈地等到他下班，結果小明只是開著車在自家附近繞，她忍不住問：『老公，你不是說要帶我出去逛逛嗎？』小明反嗆：『是我在開車還是妳在開車，閉嘴啦！』」

這是什麼智障的故事！

「到了第四天——」

啊哈，說故事的人很智障，但聽故事的人可是天才兒童：「你的第三天呢？」

「是我在講故事還是妳在講故事，閉嘴啦！」

「……」

莫予齊眼裡是滿滿的戲謔，嘴上還故意說：「專注力沒問題嘛，看來果然是智商有問題！」

她、她、她……她氣喘要發作了！

又有一次，顧雲曉烤了餅乾帶來學校請同學們試吃，那時大家彼此都還不太熟悉，比較大方的人會幫忙嚐味道，比較害羞的也是客客氣氣婉拒，唯獨某個討厭鬼例外。

「成分是什麼？有奇怪的添加物嗎？製程衛生有把關嗎？妳有帶著愛用心製作嗎？全都答不出來的話，那妳去請廚餘桶吃吧。」他一邊低頭唰唰唰解著函數，一邊連珠砲似的轟炸，側臉莫名流露出幾分精明帥氣——

帥個毛！要不是有人吃完又來捧場，她簡直想把整盒餅乾倒扣在那顆欠扁的腦袋上！

諸如此類的惡言惡行簡直是罄竹難書，顧雲曉眞心覺得，她這輩子所能討厭一個人的額度，都被莫予齊占光光了！

Chapter 01　美型登徒子

黃土漫漫，煙波浩渺，眼前一片霧茫茫的，什麼也看不清。

一名身著翠綠粗布衣裙的女子獨自立於蒼茫天地間，那身窮酸行頭是新手玩家的標準配備。

女子的頭上頂著「無悠拂曉」這個ID，眼前的情況讓她有些手足無措，不禁惱道：「才剛登入就卡在這裡，好巧不巧又碰上今天的天氣設定是大霧……連路都看不清楚，我是要往哪裡走啊？」

唉，現實裡不順遂，總有個討厭鬼處處和她作對，連想玩個網遊放鬆經常處在爆炸邊緣的情緒，也一開始就遭逢阻礙，她的人品有差到連遊戲系統都要刁難她嗎？

無悠拂曉其實就是顧雲曉，她玩的這款遊戲名爲《東宮ONLINE》，是時下風靡各年齡層「宮廷控」的全息式網遊。當她得知相關資訊時，已是遊戲初次盛大改版後的一個月，當下那興致之高昂自是不必提，畢竟身爲一名標準的宮廷控，要不爲之瘋狂是不可能的。

於是她存下零用錢，又背著家人打工，以過人的毅力省吃儉用半年，才好不容易訂購了要價不菲的全息登錄艙。這個連假一到貨，她便迫不及待登錄創角，打算連玩個一天一夜慰勞自己這些日子以來的辛勞。

孰料卻是更加鬱悶了。

《東宮ONLINE》的人物設定彈性極大，感應艙會先從頭到腳掃描玩家一遍，遊戲中的角色形象便以眞人外型爲基礎，而彈性大是大在長相及高矮胖瘦都可以自行再調整過。

客觀來看，顧雲曉算是個美女，但她長越大就越不滿意自己的外貌。不知道是爸爸的基因太強勢，還是媽媽的基因太薄弱，她總嫌棄自己生得過於英氣，劍眉挺鼻薄唇，一點都不像纖纖柔柔的女孩子。於是，她果斷柔化自己的臉龐，強度還調到最大。

而且她爹的基因強就算了，那麼優秀的一個人，如果能全部遺傳到自然是好，聽說爸爸從前念書時可是永恆不敗的校排第一，可爲什麼偏偏這聰明的基因沒有賜給她？

反觀她讀高三的哥哥顧翊恆，簡直就是帥氣老爸的複製人，集大成於一身，也是優秀到逆天的人才。

蒼天不公啊！性別歧視啊！

一面哀嘆一面創角完畢後，才剛進入場景，無悠拂曉手中便憑空多出一本說明手冊，看似厚重，不過其實只是極為擬眞的投影。

全息網遊最大的特色就在於身歷其境，高科技感應艙控制了全身的感官神經，能使玩家在遊戲中擁有實際的感受能力，唯有負面刺激的部分大幅降低（痛覺、吃力感、疲勞感等），因此遊歷其中仍比眞實人生來得輕鬆痛快，畢竟遊戲終究只是消遣而已。

然而她現在只想吶喊：消遣你毛啊！她新手上路，偏偏來個最難搞的大霧，萬一哪裡殺出了怪把她砍死誰負責啊！

她只好揀了塊大石頭坐下，翻開手冊，打算先熟悉操作方式，屆時打不過怪才跑得快。

手冊裡附了一張地圖，上頭某座城的位置有個小光點在閃爍，標示出玩家的所在地。看來她目前在城外不遠處，只是霧太濃，難以確定方位，距離再近也不知該往哪邊走。

天啊，她急著解新手任務啊，難不成要在這裡乾等到霧氣散去？

這時，前方忽然有道黑影緩緩接近，一人騎著馬穿過濃霧，朝她的方向走來。

救星！

騎馬而來的，是個第一眼便令人覺得「豔冠群芳」的男人……不，似乎不能算是男人，因為他的服裝是太監袍……這也難怪了。

男人下了馬，不疾不徐走近，她細瞧他。呀，這位公公可是有品級的大太監！能穿紅繡紋大褂與長袍的，都是有頭有臉的宮人。不過手冊上提到，品級高的內宮大太監玩家通常都會差遣小太監玩家辦事，她不過一介小卒，照理說對方不需出宮親自相迎。那麼……看來眼前這公公是負責帶領新玩家的NPC？

有了推斷，她不等對方走到面前，自己一個箭步上前印證，「點擊」他想要展開對話。

只是戳了老半天都不見對話框跳出，於是拂曉疑惑了。不會是系統出問題了吧？

同時，她也不禁佩服起人工智慧的生動程度，只見那NPC公公嘴角抽搐兩下，抬手揮掉她直戳胸口的小手，開口道：「姑娘如此舉動，可是別有深意？」

聽他說話文謅謅的，完全就是古風NPC的調調。

拂曉抬頭望著高大的他：「公公不是要領我進宮、帶我解新手任務的NPC嗎？」她剛剛點擊他想展開對話，難道這NPC看不出來？

哎，且慢，他們方才不是以口頭溝通了嗎？似乎是她忘了全息網遊能直接用聲音對話。

公公嘆了口氣：「在下並非NPC，但也不是組隊打怪中離，被高等玩家閹成了公公。」

原來，這遊戲有條令人啼笑皆非的規定，若是男性玩家得罪官職一品以上的玩家，或是落了什麼罪責（譬如跟團打BOSS時斷線），倘若罪不至處斬（等同於砍號），便會被呈報給任職監國的玩家裁奪，一般都是賜宮刑了事。

「在下只是在解公會大使任務『迎新人』，因此必須穿著太監服。」他看了眼她的ID，「無悠拂曉姑娘，請上馬隨在下進城吧。」

他俐落地翻身上馬，伸長手臂讓拂曉借力，奈何她笨手笨腳，足下一滑差點摔倒，他只好說聲「冒犯了」，連拖帶抱幫助她坐到馬背上。

她一個黃花大閨女，從出生到現在沒跟多少男人親密接觸過，初來乍到便對人家「投懷送抱」，而且還姿勢不雅，於是不禁紅了臉。不過從這角度看過去，這傢伙還挺帥氣的，身上更有股若有似無的清香……

拂曉想著想著，就走神了。注意到這點，他一邊扶她坐穩，一邊狡黠一笑：「唔，姑娘創角時數值似乎沒有調妥？身子挺沉的。」

拂曉回神，一個白眼：「公公難道不知嫌女人重是大忌？」

可惡，方才還口口聲聲自稱在下，風度翩翩的，怎麼沒一會工夫就不正經起來了？

果然男人只要碰過了女人的身體，就會性情大變！

他聽她刻意強調「公公」二字，眉頭一皺：「請叫公子。這遊戲眞不該這麼貶低男人的……」

說著，他策馬緩緩前行。

路途有些顚簸，因此拂曉的後腦一直撞上男子的胸膛，雖然美男結實的胸肌多撞撞有益身心，但爲了那幾乎不復存在的少女矜持，她還是出聲抗議了，只是死活也不喚他公子。

「公公，女與人妖授受不親，這樣可不妥啊！」

敢嫌她胖？哼！

他聞言，臉又抽了抽：「將就點！這任務只配給我一匹馬，我們只能共騎。我也不願意與楊貴妃授受不親啊，還有，重申一次，我下面安好，依據生理構造，請叫公子。」

楊貴妃？拐著彎罵她恐龍妹是吧？她回頭狠狠瞪他，使勁攢緊拳頭往他胸口招呼。

男子悶哼一聲，不惱反笑，捉住她的手：「別鬧，血薄經不起揍的。我不過是指妳有點姿色又『身段妖嬈』如楊貴妃，或許等級夠了去參加選妃能拔得頭籌，遊戲NPC就喜歡這種類型。」

「這算哪門子讚美！」消遣我？公公你長得陰柔斯文，當個男寵不失爲一個好出路啊。她在心裡暗諷。

【系統】玩家「嘆塵怎殤」請求添加您爲好友。是否同意？

她瞧了眼這傢伙，再看看系統提示，他對她笑笑，繼續看著能見度不高的前方道路。

「嘆塵怎殤？ID倒是挺脫俗的，說話卻這麼油腔滑調。」她嘟噥，同意了。

【系統】玩家「嘆塵怎殤」與玩家「無悠拂曉」成爲好友。

「謝謝。」

他們又走了段路，四周景色依舊，她忍不住問：「怎麼過了這麼久還沒看到城門？感覺一直在原地打轉。」

「爲了培養感情，好讓日後合作愉快，咱們散散步。」嘆塵笑著說。

……雷人哪！

「要合作愉快是得培養默契吧？散什麼步！而且你不急著解完任務？」拂曉認爲這人要不是居心叵測，就是吃飽太閒。

「不急，反正大使任務的完成條件是把妳帶上四十級，還得拿到官職並加入公會才能了事，不差這點時間。」

兩人正說著話，馬匹突然駐足不前，此處周圍隱約可見是叢林，一陣嘈雜之後，林中竄出了十幾隻紫色小怪，外表毛絨絨又頂著小花，模樣十分討喜。不過怪就是怪，看起來再怎麼可愛無害，也還是不可大意——隨便一隻就是七十五級起跳，被牠一拍，拂曉就悲劇了。

嘆塵怎殤卻笑逐顏開：「終於等到了！」他保護著她，放了幾招橫掃小怪，技能特效異常炫目。

她頓時佩服：「你也不過六十五級，要強不強的，本事倒是挺不錯嘛，群攻操作居然這麼熟練。」

他輕笑，傲然表示：「本公子在被輪白以前也是強得掉渣，可從沒掉出宮鬥榜前二十！」說話之間，又一波小怪在他華麗的大絕中倒地。

宮鬥榜前二十還被輪白……拂曉一臉鄙夷。不過能上宮鬥榜的都是萬千玩家中的佼佼者，她一進遊戲就撞上這麼個曾經的大神，可見老天還是有長眼的，這走的是什麼好狗運！

她內心還在暗樂，嘆塵已將手捧紅繡球的紫絨小怪BOSS打倒在地。

「注意了，現在才是重頭戲。」他說。

只見那顆紅繡球自BOSS的屍體上浮起，飄到他倆正上方，「砰」的一聲炸碎成粉末散落，像煙火一般。

【世界】玩家「嘆塵怎殤」與玩家「無悠拂曉」同心斷金，橫掃紫絨仙群，幸運獲得「仙子的紅繡球」。天賜良緣，皇天后土為證，雙方從此共結連理，海誓山盟至死不渝。

啥……啥？

拂曉下巴都要掉下來了，驚訝得說不出話。

世界頻道正沸沸揚揚討論著這神祕的道具「仙子的紅繡球」。

【系統】您與玩家「嘆塵怎殤」已成功結為夫妻。

「娘子。」他笑咪咪喚她。

拂曉抖著手，她、她、她不過是看他打個怪，怎麼就這樣輕易把自己嫁了？

「使詐！騙婚！把我的清白還來！」拂曉只想往那登徒子沒斷乾淨的某處踹去。

「娘子小心點啊，廢了我，妳接下來的日子可怎麼過？」嘆塵嬉皮笑臉表示，毫無反省之意。

「啊——」

她簡直快崩潰了，因爲系統一公告完，他們便雙雙被傳送到嘆塵位於皇城西邊的宅邸，還自動布置好了洞房，他倆也被強制換上大紅禮服。

拂曉含淚瞪著「風情萬種」的未來騷夫：「媽的我們才認識一個小時就成親，你會不會太急色了！」

她的人生灰暗了啊，現實裡有莫予齊那個討厭鬼陰惻惻盯著，遊戲裡又有個不可靠的輕浮前大神糾纏，她顧雲曉雖然爹好娘好家世好，但眞的只是平凡人而已，禁不起啊！

「不是已經共騎培養感情了嗎？而且都碰到了姑娘的身體，我應該負責。」嘆塵眨眨眼，笑得無辜。

她一時定格在那裡，而後惱羞：「嘆塵怎殤你不要臉！你娶我一個新手拖油瓶有屁用啊！」

雖然很委屈很憤怒，但她還是大度地爲人著想，不想拖垮大神重練後的錦繡前程。

然而他卻燦笑著挨近她，一臉討好：「娘子消消氣，等級不是問題，嫁給爲夫以後一定帶妳練到封頂！況且夫妻雙修還可能爆出更多神裝和爽技哦！過了這村就沒那店。」他眨眨眼，無恥地攬住拂曉的肩蹭蹭。

前大神歷練豐富，這番話想必是不會錯的。考量到神裝爽技和封頂的保證，兩相權衡之下，拂曉不爭氣地動搖了。

嫁了他不會有什麼損失，又是能帶出場的天菜……

於是，現實的某人很沒節操撿起方才被自己盛怒拽下的紅蓋頭，往頭上一罩，拉著嘆塵的手，豪爽地道：「那相公快幫咱家掀蓋頭吧，象徵性的程序可不能少。」

他一挑眉，笑意更深了。原來這小妮子這麼好收買？他配合地掀起蓋頭，然後緩緩撫上她的髮絲、她的臉龐……

粗糙的手掌在臉上摩挲，惹得拂曉一陣雞皮疙瘩，即使她臉皮再厚，雙頰也不禁泛紅。

「知道害羞了？」他輕輕刮了下她的鼻子。

果然是人若要臉，難敵天下；人不要臉，天下難敵！臉皮這東西也是一山還有一山高，一張還有一張厚啊！

她很想爲自己脆弱的臉部微血管發個聲：不要再調戲我啦！

【系統】您與夫君「嘆塵怎殤」之洞房花燭夜將於三分鐘後開始，計時三十分鐘，洞房期間玩家不可離開房間、不可離線。

洞房？來眞的啊？

她只想趕快去解新手任務，新手任務啊！

三分鐘一到，圍繞床周的一圈龍鳳花燭準時熄滅，屋裡瞬間一片漆黑。

待瞳孔適應沒有光線的狀態，拂曉才驚覺嘆塵不知何時已經俯身在她上方，笑得很痞，眼神熱切。

「娘子準備好了嗎？爲夫會很溫柔……」

拂曉縮進繡花紅被裡，眸光狠戾盯著這意圖不軌的男人，「滾！」

場面靜了三秒，兩人間的距離並沒有因爲她的咬牙切齒而有所改變。

「好，你不滾是吧？那我滾。」

她妥協了，人在屋簷下，哪有不低頭？她是弱勢，還是開溜爲妙。因此，她把自己蜷成一條紅蟲，默默蠕動到床尾。

嘆塵看得笑彎了眼，只覺得這女孩很可愛，逗起來很有趣。

「哈哈，鬧妳玩的，洞房不過是純聊天。」他從包裡摸出道具火把點燃，房中終於有了光源。

她白他一眼，沒好氣地說：「我們聊什麼能聊完三十分鐘？」看著他被火光映著的側臉，她眼珠子轉了轉，靈機一動，「說說你是怎麼被從大神輪白成一介小民的吧。」

「哦。」嘆塵目光一飄，「就是當初封頂已久，某天太無聊，我就拿了公會資金去解江湖大盜的任務，結果運氣衰到家，偶然觸發了發生率百分之一的凶險隱藏環節——盜取太后鳳印，害我們公會被發布通緝令，引來不少棘手的角色。那段時間，公會的大家每天上遊戲就是打架或跑路。」說到這裡，他嘆了口氣，拂曉卻忍不住想笑。果然白目是會遭報應的，天理難容啊。

「後來，任職監國的玩家宮笑華看不下去這慘況，發布監國令號召全服一塊圍剿江湖大盜，並奪回鳳印，才解除了那個鬼任務。不過這段期間我們公會耗去大半資金，因此一下從財富榜跌落，會長便集合所有成員圍毆我這罪魁禍首解氣。他們把我的等級刷掉一半，到六十級時本想停手，我不過嘀咕了句封頂久了眞膩，有點懷念起新手時光，卻被咱們的長老兼貴嬪娘娘聽了去，光她一個人就把我砍級砍到剩……」他豎起一根食指，淒涼地左右搖了搖。

媽呀，果然宮裡的女人都不好惹，官職三品的貴嬪娘娘一個不爽，就把堂堂封頂大神輪成一級小廢物……

「但輪成新手倒是順了我的意，練等眞好玩，就是太容易了，瞧我一個月就輕鬆練回一半！」他得意得不得了。

「要不是我手無縛雞之力，現在也想輪了你……」大神終究是大神，練功比吃飯還簡單，唉。

「聽完爲夫的悲慘際遇，娘子還想聊什麼？」

她思索了下，一連拋出幾個疑問：「那些紫色小怪是什麼？爲什麼我們忽然就成親了？你這個大神不娶女神，娶我做啥？」

「行，爲夫一一解答，娘子莫急。首先，妳看看這個。」嘆塵摸出一本《怪物全圖鑑》，隨手翻到做了記號的某頁，那頁圖片上的怪外型與剛才那群紫色毛怪一模一樣。

「紫絨仙？」她念出圖片下方所標的名稱。

「正是。這是一種隱藏怪，遇上的機率微乎其微，今天咱人品爆發，總算堵到了。」他的語調輕快，又說：「等級不高不低，七十五等，麻煩就麻煩在出沒於新手聚集的一城城郊野林，新手碰到牠們只有吃土的份。紫絨仙群中有機會出現手持紅繡球的BOSS，那繡球可妙了，能令擊倒BOSS的玩家與距離最近之眞命天女或天子就地成親，並隨機觸發夫妻技『天賜良緣』。」

「你不急著解任務，卻晃到那裡堵怪打，目的就是要與我成親？」拂曉越發不懂這位大神的思路了，有如此飢不擇食嗎，寧可隨便娶個新手渣渣？不該這麼寧濫勿缺啊！

「妳等級不夠，我們沒辦法到姻緣寺按禮法成親，只好試試旁門左道。至於爲什麼想娶妳……」他修長的手指溫柔挑起她的下頷，「不知道，妳讓我有種莫名的熟悉感，我也說不清。我一向順著感覺走，不喜歡看上眼的人最後卻不屬於自己的那種挫敗感，於是就先下手爲強，強搶民女了，娘子莫怪。」

拂曉藉著火光凝望嘆塵，他的眼底清澈而深邃，必須承認很……勾人。

雖然大神這話有些大男人主義的感覺，不過，她似乎並不討厭。

【贈送】玩家「嘆塵怎殤」遞給您一些物品，是否接受？

她看向提示欄，見到一套強化過的二十級五星綃紗女裝，另外還有各式玉飾裝備、武器及一包高級道具包。

她瞧瞧自己身上的粗布裙，再望望那套閃亮亮的漂亮衣服，吞了口口水。

「這些該不會是聘禮吧？如此豐厚我可收不起。」拂曉雖然想要，但又不好白白接受，於是忍痛推辭，想不到嘆塵再次發出贈送要求。

「不用矜持了，收下吧，以後帶妳練等才容易。」

心思被大神徹底看穿，她只得厚顏收下。

「唔，可是……我拿不出什麼嫁妝……」她一個新手連任務都沒解過就被拐來嫁人，包袱當然空空如也。

「不打緊，娘子肉償即可，我還能給妳八折優惠。」他噙著笑，神色自若在她身旁躺下。

喂喂，這也說得太情色了吧！

而後，拂曉就這樣聽著嘆塵講故事，偶爾搭幾句話，三十分鐘很快過去。

【系統】洞房花燭夜結束，夫妻親密度增加三百，習得技能「同床共枕」。

房間重新亮起，拂曉展開技能說明，這個煽情的技能其實就是讓同處一地的夫妻同時回滿血跟魔的輔助技，名稱不叫「陰陽雙修」已屬萬幸……

而一結束洞房，嘆塵這邊的投影視窗瞬間炸出一堆公會成員的私訊——

【私語】風靜止：呦，被輪白的娶娘子啦？

【私語】花不落：都脫離大神行列了，還有女人要嫁你啊？

【私語】夕顏：剛剛居然把頻道關了，洞房不給鬧，你好意思啊！

【公會】故傾城：嘆塵，我們一群暴民現在全在你家門口，跟娘子溫存夠了就出來面對，否則別怪我們動手拆房子！

嘆塵臉一黑，轉頭對拂曉苦笑：「現在外頭都是和我同公會的人，是一群沒鬧到洞房極端不爽的恐怖分子，我們被包圍了。娘子暫且待在屋內避避，爲夫慷慨赴死去了！」

屋外震天價響的「踹共」呼聲此起彼落，嘆塵握了握拂曉的手，毅然轉身出去當砲灰。

她打開一條門縫覷著，畢竟是未來的靠山兼飯票，還是要擔憂一下夫君的安危。只見嘆塵又被眾人輪了幾級洩憤……

突然，其中一名橘色短髮的女玩家恰好對上拂曉偷偷摸摸的視線，頓時興奮高呼：「啊，是阿嘆的婆！」接著急速奔上前，把門踹開將拂曉拉出來。

其實拂曉一直對網遊裡用的某些簡稱十分感冒，老婆跟婆聽起來簡直一個十八歲一個八十歲！

短髮女把人拖到嘆塵面前，食指抵著他的額直戳，「也不介紹一下，你好意思嗎！」

「好啦、好啦，夕顏，我說就是。」嘆塵揮掉短髮女夕顏的手，一把牽過拂曉。她的雙頰微微泛紅，清晰地感覺到嘆塵的手掌相當厚實。

「各位，她是無悠拂曉，我家娘子。」

眾人一擁而上，圍著拂曉左看看右瞧瞧。

「嘆塵大哥！大嫂好低級！」有個男娃娃音突然大喊，把這對新婚夫妻喊了個滿頭黑線。

「你才低級！你全家都低級！」拂曉想都沒想便脫口反擊，不過她說的也是實話，男娃娃音的ID叫「風吹ＪＪ好涼爽」，您瞧瞧，低級得不得了！

「拂曉，ＪＪ沒有惡意，他的意思是妳的等級低。」嘆塵趕緊跳出來緩頰，又向眾人解釋，「拂曉是今天才剛創角的新手，等級自然還不高，官職和屬性也還沒定下。」

「哇，嘆塵你是腦袋被輪壞了不成？怎麼討個新手當媳婦？」一名人高馬大、裝束看來是武官的男玩家取笑，頭上掛的ID是風靜止。拂曉對他和風吹ＪＪ好涼爽都沒什麼好感，瞧不起新手玩家？別說你沒廢過！

「我娘子是可造之材。」嘆塵親暱地攬著拂曉的肩，兩人周圍自動冒出粉紅泡泡，特效相當十全。

「靠，別放閃！」風靜止抬手遮眼，直搖頭：「算了，你喜歡就好。」

拂曉狠狠瞪他一眼，報復似的蹭了蹭嘆塵的身子。哼哼，就偏要閃死你這隻單身狗！

這孩子氣的舉動令嘆塵寵溺一笑，感覺兩人頓時熟稔了不少。他取出記載著公會成員資訊的卷軸，內容最右側題著鑲金大字，接著即是成員名單。

「天命……唯你？」

「我們公會的名稱。」嘆塵答。

「真浪漫啊。」雖然這麼兒女情長的字眼拿來當公會名有點小家子氣，拂曉倒是喜歡，於是又問：「這是誰取的？」

「我和會長，故傾城。」嘆塵指著卷軸上右邊數來第二個玩家，這位女玩家也在現場眾人之中。「我們是全公會裡唯二崇尚愛與美的天秤座。」

拂曉順著看去，目光卻被最右邊那個英姿颯爽的黑色剪影吸引了。卷軸上其餘玩家都有外貌形象和個人資料，唯獨他是一道黑影，只載明ID。

祈雨默然。

嘆塵見她出了神，發覺她的視線停留在哪裡後，神祕一笑：「你們遲早會見面的，他才是我們公會真正的頭頭。現在，先跟妳介紹咱們掛名的會長。」

會長故傾城盤著典雅的入雲髻，以一只數值極高的雕花銀簪固定，她身著封頂的迤地白紗裙，配戴的仙級飾品也不少，本來理應整個人看起來珠光寶氣，卻因為裝備全設為隱藏，讓門面樸素了不少。只是清冷的氣質仍掩飾不住，依然流露女神風範，若是她頭覆白巾再手持淨瓶，就活脫脫是尊觀世音菩薩了。

拂曉暗自膜拜，這才是眞大神啊，回頭看看自家不正經的夫君，簡直遜色了十萬八千里！

卷軸上的人物形象下方是資料欄。

〔等級〕120【封頂】

〔屬性〕秋水法師

〔官職〕正一品女相

〔當前稱號〕宮鬥天下第四

拂曉更是崇拜得趴地了。

她還沒解過屬性任務，所以不知道「秋水法師」是什麼玩意，但聽起來就很威風。嘆塵卻嗤之以鼻，說不過是玩冰玩得出神入化毫無人性的法師職業，而職業在《東宮ONLINE》裡被稱爲「屬性」。說完，他還心虛地瞥了眼站在那兒的故大女神。

沒那個種就別在暗地裡罵人，人家擺明就是比你強，這也有錯嗎？拂曉鄙視他。

很快，她的鄙夷心理就有人替她說出來了。

「沒人性？看來是本會長以往對你過於仁慈了啊？」

他們的悄悄話顯然被聽見了，那略顯誇張的語調正是出自故傾城。女神纖足點地，咻地移動到嘆塵與拂曉面前，周身氣流急速轉冷，拂曉見情況不對，大神過招絕沒有她的容身之地，於是趕緊腳底抹油，能跑多遠就跑多遠。

下一刻，一道鋒利的冰刃毫不留情往嘆塵招呼過去，他的雙腳不知何時被寒冰凍住了，硬生生挨了這擊，紮紮實實爲自己的話付出代價。

呃，女神不是愛好和平的天秤座嗎？說好的和平呢？

原來不只宮裡的女人不好惹，這公會上下的女人都不好惹！

故傾城這狠辣的一招造就了什麼後果，大家有目共睹，嘆塵唯一的下場就是……又掉級了。

前大神如今只剩慘澹的五十二級，拂曉囧囧有神，這廝還好意思誇口要帶她練到封頂。

「看，沒人性。」苦主默默拿出一瓶回血回魔的藥水，仰頭飲盡。

「你一天要掉多少級才甘願？我看著都覺得疼。」她不敢想像那些尖銳的冰塊扎在身上是多麼「刺激」。

「好玩嘛。難道娘子心疼了？」他笑得無賴。

「我是爲自己堪慮的前途心疼。」她不給他公然調情的機會，其他人的眼神可是一個比一個曖昧，「全世界就你這變態喜歡被輪，既然如此就趕快讓我練起來，屆時一定如你所願輪死你！」

「好主意，牡丹花下死，為夫做鬼也甘願哪！」嘆塵一副扭捏貌。

拂曉看見大隻佬和風吹ＪＪ作嘔了，額上頓時青筋直跳：「你閉嘴！」

嘆塵倒眞的乖乖結束這個話題，繼續介紹其他成員。

卷軸上故傾城的左邊同樣是個女玩家，那柔順的銀灰長髮隨意輕挽，衣飾華貴，明顯身分也是不凡。

這位就是嘆塵口中的暴力娘娘、故傾城的親妹妹，曇貴嬪曇荷容易。幾分鐘前她於公會頻道表示，她在宮鬥副本中卡關了，一個不慎可能會降位階，因此無暇參與鬧洞房，等她成功請旨出宮再來揍嘆塵個十下八下。

是的，這遊戲還有條十分麻煩的規定，官職為「嬪妃」的玩家不可隨意出宮，平時能活動的範圍只有皇宮，否則拂曉還眞想見見這位女神娘娘。

「唉。」她這聲感嘆包含兩個層面，一是感嘆一入宮門深似海，從此公會不是家；二是「天命唯你」眞是處處皆大神，未來能和他們混在一起固然幸運，卻不免有些壓力。不過嘆塵接下來的渾話讓她翻白眼都來不及了，也沒有時間在這上面糾結太多。

「想當初傾城與曇荷都是法師，一個玩冰一個玩火，兩人輪流虐我的那段時光天天都像在洗三溫暖，真是令人懷念的爽快啊！自從曇荷入宮後，就好久沒有再這麼玩了。」

「……被虐狂你能消停些嗎？講講那兩個怪傢伙吧。」拂曉朝風靜止和風吹ＪＪ好涼爽的方向抬了抬下巴。

「哦，風靜止腰上有配劍，是劍士，ＪＪ背著大弓，就是弓弦手，妳看了也知道。公會剛成立時他們就在了，在決定公會名稱時，他倆還一直堅持要叫笑傲江湖。」嘆塵白眼。

「噗，好俗。」

「俗死了，所以傾城把這兩個礙事的冰封在公會地窖整整兩天，不讓他們有多嘴的機會，等一切塵埃落定後才放他們出來。但他們出來後很不滿，便自號神鵰兄弟出去闖蕩二十一天，帶回的禮物是本會第一張通緝令……」說到這裡，嘆塵無奈地扶額，「好在那時遊戲裡不像現在有這麼多大公會，也少有實力與我們這群練功狂相當的玩家，那張通緝令很快就解決了。風靜止和ＪＪ按家法被輪掉幾級，又做牛做馬任勞任怨了幾個月，大家便再度和樂融融了。」

聽了這麼多，拂曉只對那「神鵰兄弟」的稱號感興趣，隱性腐基因被喚醒，笑得很邪惡：「何苦委屈取什麼神鵰兄弟，那麼基情四射，就是叫神鵰俠侶也無妨啊，呵呵呵……」

嘆塵也笑得很邪惡：「呵呵呵，他們倒是很識相，把神鵰俠侶留給我們。」

「……」BL攻勢對上大神的腹黑，完全無效！

他壞笑著看她，惹得她害臊了起來，那幽褐眸子居然讓她聯想到現實裡討厭鬼總是不懷好意的深邃眼神。

她突然驚覺，討厭鬼是不是其實跟遊戲裡的嘆塵一樣好看？只是因爲自己從沒仔細打量過……

拂曉被自己的想法嚇了一跳，用力甩了甩頭。

她只適合在舌戰時狠嗆討厭鬼，不適合欣賞那臭男生！

嘆塵把她起乩一樣猛甩頭的詭異動作看在眼裡，出於關心拍拍她的小腦袋：「妳還好吧？」

「哎？」她回神，眨眨眼，「怎麼了？」

「我才要問娘子怎麼了呢，一直含情脈脈凝視爲夫。哦，莫非娘子的想法跟我一樣？」他挑眉，彷彿不知該不該笑的樣子，神情有點滑稽，還帶著不敢置信，拂曉直接把這複雜的表情解讀成「妳是不是把我當神經病看待了」。

雖然她只是想到了討厭鬼，但看在嘆塵這麼有自知之明的分上，她很給面子地用力點頭：「沒錯，就是你想的那樣。」

嘆塵綻放更加神經病的燦笑：「沒想到娘子和爲夫心有靈犀，都認爲相看兩不厭之時，回屋裡再溫存一會最恰當不過了！哎呀，爲夫實在驚喜！」

他拉起拂曉的手緊緊握住，逕自往屋裡走，無視被閃瞎的公會眾人，揮手要他們散了。

喂喂喂喂，現在什麼情況？嘆塵這個齷齪的傢伙，誤會大了啊！

「你還沒介紹夕顏給我！等等，我不是……」

「不要緊，相處久了就認識了。」

「那那那個花不落——」

「春宵一刻值千金，不用管他。」

「嘆塵怎殤！你這個急色成性的色狼！」

Chapter 02 初入鶴王府

顧雲曉整個連假都泡在《東宮ONLINE》裡，不僅跟嘆塵一起解決了新手任務，還額外解了屬性任務和一部分主線劇情，一路飛快升上了五十級，正式加入天命唯你公會。

她都要感嘆這遊戲太好練等了，不過四天她就躋身中等玩家行列；但她心知肚明，幾乎全部的功勞都是那練功狂夫君的，在沒有繼續被輪的那三天裡，嘆塵從五十二級迅速練到了七十八級。

話說解屬性任務時，需從九大職業中擇一，她因此困擾了半天。九大職業分別是秋水法師、流霞法師、玄凰法師、劍士、弓弦手、刺客、琴師、藥師、咒師，各有千秋也各有弱點，外行人根本判斷不出優劣。

於是，嘆塵爲自家笨娘子寫了一篇分析文，內容很詳盡，拂曉耐著性子看完，瞬間豁然開朗，決定選擇攻擊與輔助兼備、相較之下發展比較平衡的咒師。

要成爲咒師必須前往無極山巔，在崖邊正確踩出無極八卦陣。此陣以禹步爲底，加以變幻步法，難度很高，她失誤連連，一連墜崖了二十三次才終於成功。身爲玄凰法師的嘆塵飛行術也因此精進了不少，畢竟她摔幾次，他就得下去救她幾次……

【系統】玩家「無悠拂曉」完成屬性任務「咒師之路」，獲得定身符3張，陰陽咒3張，象形咒3張，已放入您的背包中。

她隨便掏出一張符紙施展，效果超乎預期——超乎預期的爛。

「我辛辛苦苦摔了二十三次，換來的就是這堆破紙？」拂曉抱頭。

「據我所知，咒師練到後期，什麼神咒怪咒還挺多的，而且附加的效果都很實用。妳只是還不強，練起來就知道厲害了。」嘆塵撣撣白袖上的塵土，「妳可是本會第一位咒師，身負拓荒大任，好好幹啊！」

「唉。」事到如今也不能轉職，她只能相信前大神的話。

「為夫會陪著妳的，不用擔心練不起來。對了，既然妳已經是我們的一分子，是時候帶妳去會會老大了，順便進城找差事做，才有官銜。」

聞言，拂曉的腦中閃過那個好奇已久的神祕黑色剪影與ID。

「就明晚吧，妳八點能上線嗎？」

「可以可以！」她上了高中也沒有補習，回家讓天才哥哥指導就綽綽有餘了，所以放學後她閒得很。

終於能夠見到祈雨默然，那麼傳奇的一群人的頭頭，拂曉不敢想像又會是何等厲害的神人。準備朝聖的她激動得像個瘋狂信徒：「我、我好期待！」

嘆塵見小娘子興奮得臉都紅了，不由得吃味：「喂喂喂，我們老大是很瀟灑，但妳可不能因爲愛上了外頭的就棄了自家的，妳夫君好歹也是一流帥。」

「說什麼啊你。」拂曉不以爲然。他們的婚姻明明建築在利益上，何來愛不愛之說？嘆塵充其量剛好夠格給她補補眼睛罷了。

「預防針總要先打好啊。」他笑咪咪，藏起眼底的淡淡情緒，手上把玩著一塊鑲金的翡翠綠玉珮。

這玉珮打磨得圓潤，通體晶瑩，上頭勾勒著四不像的獸形輪廓，隱約看得出有翅膀、犄角、四隻蹄子、雞冠和長鬚。雖然模樣很怪，不過識貨的人一看便知是好東西，逃不過平時就喜愛翻看珠寶雜誌的拂曉利眼。

「這東西你哪來的？這麼好的寶貝，不會是剛才從無極寺裡摸走的吧？」她斜睨著他。

「才不是。」他呿了聲，他像是那種會摸進寺院的賊人嗎？「這是帶妳解完新手任務後，系統直接放進我包裡的獎勵，但沒有跳出提示就放進來了，可能是BUG。」

「哪有打醬油的任務獎勵拿得比解任務的人好的？」她不服地嘖道，偷偷覷著那塊玉，滿眼都是喜歡。見狀，他大方拉起她的手，塞入玉珮：「只要娘子想要，為夫就給得起。」

嘆塵的眼神認真而堅定，倒讓拂曉不敢輕易收下了，空氣中彷彿漾起了若有似無的暗波。

那也許是一絲絲的情愫在悄悄萌生……

但也可能僅是她的錯覺。

最後，她只答應了代為保管玉珮。

✻

聽說莫予齊被交往一年多的隔壁班女生給甩了，對方甚至腳踏兩條船。

這結局也不意外，之前情人節時連班上的邊緣人黎懋都有收到巧克力，而他卻一張包裝紙都沒有，被顧雲曉譏笑一番後，不知道是不是急於展現自身魅力，莫予齊和前女友從搭上線到在一起才歷時八個鐘頭，上學Say Hi放學Say like，兩個人都隨隨便便，能撐超過一年已是奇蹟。

哦，事實上是莫予齊主動提分手，只是顧雲曉就偏要說是他被甩，誰叫他居然趕在她前頭踏入了愛情的世界？她眼紅了好一陣子，也鄙視了好一陣子。

莫予齊過去一向不與女生來往，唯獨顧雲曉是例外，即使他們的「來往」僅限於你嗆我我嗆你。然而才剛升上高中，就蹦出這麼一個和他一拍即合姦淫擄掠的女生，輕易把顧雲曉的討厭鬼搶走了。

不過，她眼紅的原因不是嫉妒那女孩，只是不甘心莫予齊先幸福了！更唾棄他說話失去了從前的犀利，雖然還算毒，不過那是以普通人的標準來看。交了女朋友以後，他簡直變成軟腳蝦，美其名曰是轉型成溫和的新好男人，實際上不過是愛情使人娘砲。她雖樂得不用再招架他的唇槍，但同時她放舌劍的樂趣也沒了。

現在，他的紅粉心肝碎了，形象也不用維持了，終於恢復成她從小熟悉的那個毒舌冷男，可謂大快人心。而顧雲曉最近又在網遊裡結識了帥氣的嘆塵，即使兩人的關係有名無實，她還是忍不住刻意吊尖了嗓子，損了討厭鬼一把。

孰料莫予齊聽了只是冷哼一聲，用餘光瞥瞥在他眼中春意盎然的白痴女人：「翅膀硬了搞網戀是吧？妳最好有個分寸，不要傻傻被對方騙財又騙色。」

顧雲曉有些驚訝，討厭鬼也會擔心她？

「喲，太陽打西邊出來了，你這是在關心啊？是前女友帶給你的陰影太大了？雖然我很不喜歡你，但不可否認其實你很喜歡我，不想連我也失去了對吧？」害她亂感動的。

「國文不好就不要亂用形容詞。」他嗤笑，「我的意思是，網戀圖的就是那虛假的美好，妳可不要露面去破壞人家的幻想。」

顧雲曉頓時噎了，什麼狗屁感動，根本是她眼睛糊到蛤仔肉，錯看他了！但她也不是吃素的，沒回嘴不是反駁不了，而是氣結、氣結！她才不想跟腹黑討厭鬼一般見識！

當然，她也不會承認她跟他，其實就是道高一尺，魔高一丈。

莫予齊這個孽障深重的妖物！她在心裡狠狠扎了莫姓小人的某部位一下。

而他，感到一陣「蛋蛋」的疼……

她是在扎哪裡啊！

✿

晚上八點，拂曉和嘆塵準時出現在公會，嘆塵施展飛行術帶著她一同飛往東都湘郡。

《東宮ONLINE》的疆界劃分為五大區域，中央是等級最低的一城，以及皇宮所在的二城皇城，周圍是東南西北四大郡縣，分別為東都湘郡、南都韋郡、西都新漠和北都華夏，進入條件很高，連快八十級的嘆塵理論上都是無法踏入的，他能順利通過郡界，有賴於他家老大給予的桃木令牌。

拂曉越來越好奇了，能發給通行令牌的，可都是皇親國戚或建過城的頂級玩家，看來祈雨默然的來頭不容小覷。

他們在湘郡的鶴王府降落，讓拂曉馬上猜到了祈雨默然的身分。

看來他就是東宮第二傳說，鶴王爺，連新手都知曉的超級大神。

這遊戲裡有兩大傳奇人物，是稱霸宮鬥榜一、二名的兩名玩家，分別爲監國宮笑華和東都鶴王爺。

遊戲背景設定皇帝年輕卻體弱，長年臥病在床，故需任命玩家擔任監國治理天下，因此宮笑華的勢力據點想當然是在皇城，而鶴王爺便是在東都湘郡。四大郡縣裡只有這一位王爺，暫時還沒有其他玩家能拿下另外三都的建城權，鶴王爺被稱爲傳奇的原因就在此。

嘆塵熟門熟路穿梭於王府，建築內部九曲十八彎的設計拐得拂曉暈頭轉向。最後他們駐足在王爺的書房前，松鶴軒。

「老大，我是嘆塵，帶新人來了！」他向裡頭喊。

「你眞是沒規矩，有這樣跟王爺說話的嗎？」拂曉低聲責備，古裝劇看多了，一想到要面對王爺她便肅然起敬，半分不敢逾矩。

「這只是遊戲，不是眞的在古代。」嘆塵失笑。「放心，老大只是普通人，雖然個性冷了一點，嘴賤了一點，但還是很好相處的。」

「好大的膽子，說本王嘴賤？」鶴王爺信步而出，臉上所戴的面具泛著森冷銀光，他的嘴角噙著絲壞笑，直勾勾盯著嘆塵，嘆塵趕緊陪笑。

「不不不，老大是伶牙俐齒。都說頭腦靈活的人才特別伶牙俐齒，這是好特質。」嘆塵一通瞎扯。

「那你說話不經大腦，這可是壞特質。」王爺將嘴壞的「好特質」發揮得淋漓盡致，嘆塵小白囧了，拂曉則竊笑。

她仔細打量身形高瘦、玉樹臨風，卻把相貌遮起的鶴王爺祈雨默然，其姿態與卷軸上的剪影無二，那身月牙色繡著鶴紋的錦袍襯得他風采更勝、英氣逼人，惹得少女心怦怦直跳。

根據言小定律，蒙著面的男主角通常並非長相抱歉，而是會讓全世界的男人都自慚形穢！

拂曉眼睛一亮，馬上把小白夫君拋諸腦後。王爺，給攻略嗎？

鶴王爺用氣勢凌虐了嘆塵一番，轉而看向拂曉這個新人。

天命唯你已經許久沒有收過新成員了，而世事難料，誰知這一眼，就足以亂了他的情緒；誰知這一眼，會讓許久以後的他們之間，關係重新洗牌。

「王、王爺金安……」拂曉有些不自在，下意識就學著古裝劇裡的那套禮儀向他請安。

「免禮。」祈雨默然舒眉笑了，心想老天如此弄人也沒什麼不好，沒料到能在遊戲裡碰到她，而且還是這樣不同的她。那他是否也該拿出另一面來對待她？

「東都湘郡鶴王爺祈雨默然，歡迎妳。」他向她伸出手，態度很友善。

拂曉看著那骨節分明的大手，猶豫著該不該搭上，她雖敢幻想攻略王爺，卻不敢逾越了身分，只能說她受宮廷劇荼毒太深了。

王爺已主動握了握她的手，她抬頭迎上他的目光，面具下的眉眼似曾相識，她看得出神，手就這麼一直放在他的掌心。

小白夫君這會不小白了，嘆塵醋意一湧，拍掉他們交握的手：「嘿，老大，你可是這遊戲裡最黃金的單身漢，可別爲我家娘子掉了身價。」他刻意強調「我家娘子」四個字。

「你這不是帶新人來見我，而是來宣示主權的吧？」祈雨默然淡淡笑道，「我對她沒有多大的興趣，放心。」

「老大英明，您千萬不能忘記曇貴嬪娘娘爲了您身在曹營心在漢，莫要辜負她的痴心啊！」

「眞可惜，我對曇荷也實在沒興趣。」

「老大，你不能——」

「你很吵。」祈雨默然掏掏耳朵，嘆塵的廢話眞的很多，他寧願跟新人多聊聊。該怎麼稱呼這個她呢？「顧……呃，拂曉姑娘。」

好險，他差點就要叫出本名了。

「王爺。」拂曉按官職中規中矩地應聲，顯然並沒有認出祈雨默然。

當然，因爲他戴了面具。

「妳只掛著ID，是還沒獲得官銜嗎？」他問。

「對對對，我打算讓我家娘子見過你後，再回城去找個官位，但沒打算入宮。」嘆塵插嘴。

「沒人問你的意見。」祈雨默然瞟他一眼，繼續跟拂曉對話，「妳有什麼打算？」

聞言，拂曉頓了頓。她的打算就是以嘆塵的打算爲打算啊，雖然已經五十級了，但她還是很依賴自家大神。「不走嬪妃路線就好，其他都行。」

「這樣啊，那本王剛好有份好差事，妳考慮考慮？」祈雨默然湊到拂曉耳邊，悄聲說：「做我的王妃？」

拂曉震驚了，天雷滾滾啊！怎麼古今中外的大神都好新手？是吃飽太閒錢賺太多，需要養隻米蟲消耗消耗嗎？

她是人品好還是太好，已經攤上了個大神夫君，連傳奇多金的鶴王爺也開口要她當王妃？

老天爺，幫她把遊戲裡的運氣分一點到現實去吧！她不想面臨在兩個天菜之間抉擇這種酷刑！

祈雨默然看著她的表情，挑挑唇角，向嘆塵道：「不如讓你老婆當我的尚宮，替我管理王府裡的下人，品級就是五品。」

官位的名稱即是官銜，而品級又分爲九品，最高一品，數字越大官位就越低等。王府裡的侍女們對應品級爲六至九品不等，統一由五品尚宮管理，拂曉初來乍到便被賜封這麼高的榮位，足見王爺的私心。

難道祈雨默然眞的是鐵了心要她？讓她從尚宮當起，再一步步成爲王妃……

「承蒙老大厚愛。」嘆塵淺淺一笑，表情倏然正經不少，目光微凝，刻意用有些做作的口吻婉拒，「內人不才，恐怕難當高位，賞她個八品侍女就很抬舉了。」

「喂喂喂，乘機貶低我是哪招？你嫉妒我仕途比你順遂？」

比起練功，前大神對於官爵並不上心，所以一直停滯在五品諫議大夫；而拂曉只需要管管下人，位階就能與他平起平坐，她猜想大男人主義如他，肯定是不服的，所以才在王爺面前打壓她。

「只有八品太委屈了，折衷一下，六品尚侍如何？」王爺的眸光也流露出深沉，拂曉反而看不透了。

不過是個官銜，這兩人爲什麼看起來像在用眼神較勁？他們不是好哥兒們嗎？

「……就照老大說的吧。」

於是，這場變相的鷸蚌相爭還是漁翁得利，拂曉平白撿了個六品尚侍的爽差。

而嘆塵隱隱看出了老大對自家娘子的特別心思——

該防。

拂曉當天就上工，一身尚侍的錦緞衣裙十分漂亮，讓她幹起活來更加起勁。在嘆塵被故傾城叫回去組隊下副本後，祈雨默然便帶領她熟悉王府。

她一邊對照著平面圖指指點點，一邊四處張望，打量各式廂房。

「前面是下人居住的雜苑，這裡是廚房，那裡是演藝閣，演藝閣正對著茶花園與蓮香亭，穿越九曲十八彎後還有西苑，接下來……天啊，我怎麼記得住啊！」

「不用急，每天多逛逛就熟了。」他安慰，想當初王府剛落成時，他也迷路了好一陣子。

拂曉望著高自己一個頭的鶴王爺，覺得這人絲毫不如嘆塵說的那般冷漠，反而像個暖男。

撇除急色大神與討厭鬼，她的交際圈裡總算有正常人了！

「鶴王爺。」拂曉突然出聲，「那個……你之前對我說的那番話是認真的嗎？你不是說對我沒有興趣，卻要我當……王妃？」她還是耿耿於懷。

「我記得我是說對妳沒有『多大的興趣』，不過倒是有一點點興趣。」他無辜地眨眨眼，擺明了玩文字遊戲，「至於王妃一事……也許我們等到對彼此變成大大的興趣後，再來深入討論？」

果然，他是開玩笑的。拂曉鬆了一口氣，她承認祈雨默然很吸引她，但嘆塵對她的好，她沒有忽視。

而且她對他們終究都還稱不上愛，只有悄然心動過，沒辦法肯定誰才是絕對的選擇。

✻

「小花，你說老大招攬了那個新手進王府？」從副本凱旋回到公會，故傾城沒閒下來，正發布著公會任務，聽到這消息後微微吃驚，一個手滑把貢獻值任務要求調到了一百萬銀兩。

「何止是進王府，還直奔總管的位置去了。」剛從東都獵苑回來的花不落將七首拭淨，扔回包裡，「哇靠！會長，公會有這麼缺錢，每人得捐一百萬？那妳看看這兩張雪狐皮能抵多少吧。」

故傾城瞥了一眼，「最多二十萬，但倉庫的獸皮多到消耗不完，折你十萬。」

「咱們公會很富足吧，會長妳這是何苦！」

「已發布的金額沒法改。」

花不落兩手一攤，「好吧，我也不是拿不出手，倒是無悠拂曉會負債啊。」

「她有嘆塵和老大罩，不勞你操心。」故傾城涼涼道，隨即飄然離去。

呦，會長這是在拿他們出氣？

✿

顧雲曉的桃花運只應遊戲有，現實哪得幾回聞，除了莫予齊，她幾乎可以說是異性絕緣體。

對於這種狀況，她感到匪夷所思。她生得清秀，也算得上美女，怎麼就沒有男生喜歡過她？莫不是成天與討厭鬼互相抹黑，臉都被他給罵醜了？

無論如何，她把一切責任都歸咎於莫予齊了，幸好最近認識了鶴王爺這個暖男，讓她可以藉此好好酸他。

「討厭鬼，我這幾天又在網遊裡釣到帥哥了！對方不只帥氣、多金，又比你高半個頭，整個氣質完全是此人只應天上有，人間哪得幾回見！」

莫予齊陰惻惻看了她一眼，「意思是妳腳踏兩條船了？」

「說什麼啊！網遊裡的社交怎麼能算是腳踏兩條船？別拿你前女友來和我比，我正當坦蕩多了。」她哼道。

「我相信妳。」他慵懶一笑，「更相信那個人絕對是NPC。」

顧雲曉再次噎死了。

錯不過三，她已經跳下他的陷阱兩次了，必定不能再掉以輕心！她告誡自己，以後絕不在他面前提網遊裡的事了。

雖然鬧得不太愉快，爲了下午的化學補考和自己瀕臨被當的成績，她還是硬著頭皮跟莫予齊借早上的考卷。

「哦，想要是嗎？」他不懷好意笑著，顧雲曉馬上戒備起來，天知道這傢伙又想玩什麼花樣。「求我啊。」

「……求你。」她發揮意志力撐著快走山的表情，心裡的咒罵都化成藏在身後的那根中指。

「求人是這種態度嗎？」

不然是她背後藏著的那種嗎？

「算了，我也不是一定要跟你借。」她瀟灑轉身。拿什麼翹！

莫予齊搖搖食指，一臉遺憾：「很可惜，黃禿頭說爲避免補考同學耍小把戲，叫我把及格的考卷全丟了。但是他沒有想到及格的同學也會要小把戲，我把我自己的考卷留下來了，妳要借只能跟我借。」

她怎麼就忘了討厭鬼是化學小老師！於是，她只好再次瀟灑回身。

「予齊，帥哥，大帥哥，求你把那滿分的漂亮考卷借給小女子吧！」媽呀，她快吐了！

「妳的態度我很滿意，可以借妳，但是有條件。」

「耍賴啊！」

「本店對於曾反悔的客人一律額外加收費用。我想吃芒果生乳酪蛋糕，來個三塊好了。」

他指的是福利社今夏推出的限定商品，一塊要價一百元，根本是外面販售的高價甜點等級，絲毫不顧及學生的荷包。

「三塊就要三百欸！你別想叫我掏錢！」顧雲曉怪叫。

「知道妳吝嗇，我好心點讓妳幫忙跑腿就好，錢拿去。」他從口袋裡摸出鈔票塞到她手中，一副討打的闊綽樣。

莫予齊知道顧雲曉家境其實很富裕，跟自己家一樣，都有家族企業，但她平時能省則省，非必要的物品幾乎不買，口腹之慾也總是捨不得滿足。芒果生乳酪蛋糕就是一項，他早就發現她經常在福利社的蛋糕櫃前徘徊，卻每每空手而出。

趁著這個機會，讓她放縱一下吧。

「買回來可以賞妳兩口，不用客氣。」

「不稀罕！」

這種態度，也難怪好意會被曲解了。但莫予齊無所謂地聳聳肩，反正她會忍不住的。

*

與祈雨默然日漸熟稔後，拂曉發現他是個風趣的雅痞人士，並沒有外界所說的距離感和冷漠高傲，偶爾還有點屁孩，簡直與傳聞中判若兩人。

隨著他們越來越熟悉，她也注意到祈雨默然與嘆塵之間的眼神較勁越來越頻繁，眞不知道這兩個男人的感情究竟是好呢，還是不好。

在王府當差的日子實在無聊，眾人皆規規矩矩，偶爾見到偷懶的，責罰一下便罷了，其餘就是拂曉遊手好閒的時間。

祈雨默然會帶她去演藝閣看戲，膩了便出府逛逛，但因爲東都的玩家等級限制太高，導致街坊上清一色全是NPC，沒啥好逛，於是他們最後只好跑跑採集任務解解悶。

「麻蘿草二十株與冰霜凍花三朵……」拂曉讀著任務指令，「王爺，這些東西哪裡採？」

祈雨默然思索了下，「王府裡的假山水那邊就有一小片麻蘿草，至於冰霜凍花則生長在東陸北端的天山雪谷，那裡的怪等級偏高不好闖，我們回王府多找點人手再來，順便先把麻蘿草採足。」

「好。」她點點頭，兩人立刻打道回府。

回到府中，他們兵分兩路，拂曉直奔假山水去採草，祈雨默然則回松鶴軒查詢關於天山雪谷和冰霜凍花的資料，順便召集人手。天山雪谷他只去過一次，知道地圖難度，卻不知道冰霜凍花是什麼，因為採集任務所需的物品為NPC隨機指定，某些特殊點的還僅限接到任務後才會出現，所以他只依稀聽過。

拂曉這邊已經開始採集了，她徒手抓著一株株白色的麻蘿草又拉又扯，這矮小的植物居然擁有異常強韌的根，她拔得汗流浹背，不過採了十株歪歪扭扭的爛草，而祈雨默然這時帶著人馬來找她了。

「進度怎麼樣？」他瞥向「陳屍」在旁的十株灰灰爛爛的什麼草，傻眼吞了口口水，只希望NPC不要太計較物品的外觀。

「這太難採了！」她一屁股往地上坐，直喘著氣，「讓、讓我休息一下……」

他挑了挑眉，手指撫上繫在腰間的弓形三弦小琴，錚錚撥出幾個音凝聚成道道音刃，向一排麻蘿草割去，不費吹灰之力採完剩餘十株。

「剛剛那飛過去的是什麼？你會氣功？」她瞪大眼睛。

聞言，他忍不住白眼：「妳的耳朵是跟妳的腦子一樣壞了嗎？沒聽到琴音？」

拂曉愣住，不敢相信溫文儒雅的鶴王爺會說出這種話。嘆塵說他嘴賤，她好像領教到了。

不過這語氣怎麼那麼熟悉？

祈雨默然也察覺自己失態了，好在她還呆呆的沒回過神，他趕緊清了清嗓：「咳……那是音刃，我的屬性是琴師。」糟糕，差點就穿幫了。

話說，古今中外的大神都有個定律，就是玩廢職也能玩上全服排行榜，而且那不二廢職還都是琴師！這是巧合還是刻意爲之？拂曉思考著，注意力倒是被這項新情報轉移了。

「數量夠了就趕快把東西收一收，出發了。」祈雨默然藏在月白色面具下的臉微窘，只能慶幸她看不見。

天山雪谷。

此處正如其名，一片冰天雪地，完全是北陸才該出現的景色，但東陸這裡竟也離奇出現此景。

天空飄著雪，視線有些不清，冰霜凍花生長在東北角，可是指南針突然失靈，眾人只能賭一把，卻半路被一大群一百級的高等雪怪包圍。

「妳等級低，找地方躲一下。」祈雨默然掩護著拂曉，一邊迅速撥弄琴弦清怪，其他人也各展身手，就她一個低等咒師顯得特別沒用。

這種情況讓好強的拂曉心裡很不舒服，然而也只能乖乖聽從指令。她正要退開，餘光瞥見有人被雪怪打趴了，而且雪怪似乎還有越清越多之勢。

「各位，不要分散！這些怪能夠逆向增殖，這樣清是沒有用的！」祈雨默然很快反應過來，高聲提醒，眾人緩緩後退，聚集在一起。

所謂逆向增殖是每殺一隻怪就會多生兩隻出來，你越是單殺牠便生越多，拂曉曾經聽嘆塵說過，對付這種怪只能使用群攻。於是，她當機立斷，捻了張定身符定住全場的雪怪，祈雨默然向她投去讚許的目光。

「只有三十秒，大家快清！」她高喊，一連串華麗的技能效果隨即以祈雨默然爲中心發散開來，十分炫目。

圍繞著眾人的雪怪牆轟然倒塌、消失，散落一地晶瑩的瓣狀物。

「王爺，這是冰霜凍花的花瓣。」一名隨侍的僕從NPC撿起，端詳後判斷。

「沒錯，跟圖鑑上的一樣。每朵冰霜凍花有七片花瓣，任務需要三朵，大家快幫忙撿二十一片花瓣！」祈雨默然吆喝著要眾人幫忙，任務條件很快達成，還多收了十幾瓣。

他把東西放入拂曉包中，「系統沒釋出刷雪怪會掉落冰霜凍花花瓣這個資訊，不知情的玩家只能費時費力去東北角採，耍人呢。不如我們也不對外公布消息，多刷一點拿去市集賣，一定很搶手。」

「貴爲王爺還這麼斂財。」拂曉失笑。

返回街坊回報任務，NPC給予的獎勵是一條金邊琴穗，末端繫著一塊小小的碧璽，上頭淺淺刻著不知是文字還是圖案的紋樣。

「任務這麼麻煩，最好這東西眞的夠稀罕。」拂曉把玩著，眞心覺得這玩意還沒比嘆塵寄放在她這的綠玉珮值錢。

「是還不錯啊，這數値夠高。」琴穗是琴師專用的飾品，祈雨默然自然能辨別其好壞。

「既然用得著，不如就給你好了。」拂曉大方讓出。

他接過去，繫在弓形三弦琴上，整個琴身煥然一新，琴弦閃爍著鋒芒。

「是好東西呢。拂曉，謝謝妳。」

現實中的他總是彆扭，只有在虛擬世界裡才能夠對她眞誠。

一聲由衷的道謝，讓他覺得自己的心好像……稍稍柔軟了一些。

Chapter 03　民女變鳳凰

《東宮ONLINE》持續走紅，官方特別邀請演出熱播古裝劇的女明星代言，令遊戲的人氣更加水漲船高。爲了回饋廣大玩家，遊戲內再次進行盛大改版，不僅加開伺服器處理新手玩家爆量的問題，還大幅降低了四大郡縣的進入等級限制，以分散人流。

此次改版除了釋出許多爲中低等玩家量身打造的副本與任務，也在四大郡縣開放了高級副本，專門提供給閒得發慌的大神們消磨時間；另外，無良GM還提高了建城門檻，所以王爺這個頭銜目前仍是僅祈雨默然一人擁有。

「新推出的系列副本反其道而行，將四大郡縣的進入難度調降後，反而把BOSS關『鳳凰』設在普通玩家聚集的中央皇城。」

祈雨默然難得離開湘郡，大駕光臨天命唯你公會，與會裡眾人熱烈討論著新副本「神鳥」。檜木桌上有張攤開的東宮世界地圖，他修長的手指在上頭比劃著，神情認眞。

「入口點在南都韋郡，玩家必須依難度順時針闖，每關裡頭都設有來往兩郡的傳送點，倒是不用費心規劃動線。」

「規劃動線？」拂曉覺得這實在誇張，「你們不過是在玩網遊，連動線也要事先考慮周全？」

「嘖嘖，低級的大嫂，這妳就不懂了，老大是一朝被蛇咬，十年怕草繩呀。上次出團去開墾北陸玄武，還沒攻到BOSS點呢，戰勳最多而且仇恨值也最高的老大就被路上的怪給群滅了。」風吹ＪＪ好涼爽說道，「帶團的自己先吃土，那可是奇恥大辱啊！此後再出去闖移動距離比較遠的副本，老大都一定會特別注意路線，能避野怪就避，能走傳送陣就盡量走，要是得徒步找據點，他一定吩咐要頂轎子，以確保自身安全。」

祈雨默然囧了，一記眼刀射向風吹ＪＪ，ＪＪ打了個寒顫。

把這種陳年孬事講出來，叫他顏面與威嚴往哪擺？

「這也沒錯，隊長最矜貴啊。全團都可以趴，只有老大趴不得。」拂曉能理解祈雨默然的堅持，而且她見識過他的能耐，不會因此鄙視他。

她現在也放棄糾正風吹ＪＪ對她的稱呼了，畢竟每個人都有自己的用詞習慣，她決定看開點。

可是嘆塵聽得很不舒服。

原因並不是那一語雙關的低級形容，而是老大在場，風吹ＪＪ還喊她大嫂。老大不在時，公會裡確實屬他是大哥，但是現在祈雨默然在，不就讓人誤會祈雨默然是拂曉的夫君了嗎？

那個名分是他嘆塵怎殤的！他雖然不願意被喚做老二，但是好歹也該叫她二嫂吧？

「ＪＪ，你剛才叫拂曉什麼？」他陰沉著臉。

風吹ＪＪ一臉衰樣，才剛惹了老大，現在又哪裡惹到嘆塵了？他眼珠子一轉：「低級的大嫂呀。」

無悠拂曉等級眞的是全公會最低的，他沒有叫錯啊。

「大嫂？老大在呢，你還叫她大嫂？」嘆塵緊盯矮自己一顆頭的ＪＪ，「老大還沒娶呢，你就要損他行情？確定不改口？」

他明示暗示，心道這傢伙最好識相點，否則別怪他嘆塵怎殤眞的脫了他褲子，讓他涼一下！

「老二吃醋了。」祈雨默然冷冷戳破，眾人皆一頭黑線，當事人拂曉更是一張臉都黑了。

身爲掛名會長的故傾城看不下去，纖指點點地圖：「天命唯你的老大老二，你們男人眞的很幼稚，請把注意力拉回來好嗎？」她又一指拂曉，目光卻沒有離開祈雨默然，眼神流露出一絲責怪，「至於妳，禍水，過來坐本座旁邊。」

「……」拂曉自認沒有當禍國紅顏的本錢，被迫周旋在兩個全身貼金的男人之間，她也無奈啊！

「我剛剛上線前到論壇看了一下，不少排行榜上的公會都闖過這個副本了，對我們來說難度應該不會太高，斟酌組個小團就行了。誰想跟？」祈雨默然恢復正經的態度，決定不討論戰略，直接挑明重點。

幾乎全員舉手，除了縮在故傾城身邊的拂曉。

「妳是一定要跟的，多少吸點經驗，升級才快。」祈雨默然沒有放過她，說完又指定了故傾城、嘆塵和拂曉不熟悉的刺客花不落隨行。「記住，過了副本就別在皇城逗留，那裡是宮笑華的地盤。」

「你們是政敵嗎？」拂曉問。依照古裝劇的普遍設定，鶴王爺是理應握有皇權的皇親國戚，而宮笑華卻是擁有實際政權的監國，雙方唯一的關係只可能是政敵。她汗，若真如此，這遊戲未免太勞心了，在虛擬世界裡也要應付凶險的爭權鬥勢嗎？

祈雨默然一頓，「哈哈，妳真當這是古代了？天命唯你只是跟宮笑華的世人笑痴不合，還沒有到政敵那麼嚴重的地步。我安於當這閒散王爺，沒有與他爭天下爭資源的心思，只是好鬥的宮笑華難保不會趁機發起會戰宰我們一頓，勝者能取敗者百分之五的公會資產，不是筆小數目，我只是要防這個，還有嫌麻煩而已。」

「那……曇荷容易不是你們公會的嗎？宮笑華怎麼獨獨容得下她？」她想起深

宮內那個素未謀面的貴嬪娘娘。

「宮笑華只是監國，哪有權力動皇帝的妃嬪？」他笑，「對了，曇荷稍早私訊我，她通過宮鬥了，現在是二品昭儀，想出宮和我們一起打神鳥副本。」

*

北陸副本點。

一隻銀白色大鵰仰天鳴叫幾聲，還來不及復活自己那滿地死傷的雛鳥，便被一群人的華麗技能擊倒在地。

天命唯你公會最後決定出六人小團來闖神鳥副本，由身爲秋水法師的故傾城領隊，玄凰法師嘆塵怎殤、刺客花不落，以及連打副本都一襲宮裝雍容華貴的流霞法師曇荷容易擔任中鋒，異常強大的琴師祈雨默然則是後衛，中等咒師無悠拂曉負責納涼……不，押隊。

堅強陣容不會因爲混了個半新手就無法發揮，他們雖是首刷卻暢行無阻，只能說網遊世界裡變態眞的很多。

南朱雀西危燕北月鵰東發明，四大郡縣的BOSS已經被他們輕鬆掃掉三隻，對這群所向披靡的大神來說，恐怕連塞牙縫都不夠。他們的陣形在掃怪效率上很完美，只有拂曉提心吊膽，因爲她時常陷入被後方小怪偷襲的恐懼中，祈雨默然的甦生曲爲她奏了不下十遍。

還好這些隊友都是好人（只有宮裡來的女人稍微不友善了一點），沒有人抱怨等她復活拖到時間或是浪費資源，大家還特地控制BOSS的殘血量好留給她補尾刀，這樣經驗值能夠翻倍，讓她多吸一點。

「眞是特別疼小的啊，依照咱們公會的傳統，尾刀一向都是留給老大的。」大夥兒收拾著月鵰掉落的寶物，曇荷容易突然幽幽道，語氣不冷不熱，音量恰好能讓六人都聽見。

故傾城向她投以目光，神情若有所思。

拂曉一陣尷尬，不知道該怎麼回話。

她的牙尖嘴利只有在莫予齊面前才能運用自如，面對陌生人便顯得笨口拙舌。神情怎麼擺都不對，心底有簇小火苗悄悄竄起，她跟這位昭儀娘娘素無交集，對方怎麼莫名其妙就向她豎起刺？

其實原因很簡單，曇荷容易喜歡鶴王爺，就像《甄嬛傳》演的「叔嫂戀」一樣，只不過是單戀。見王爺對一個菜鳥關照有加，她娘娘心裡就不舒暢，於是出言暗諷拂曉的僭越，反正的確是事實。

「老二的娘子，自然要疼。」祈雨默然說得不鹹不淡，立場擺明與曇荷相反，曇荷的臉色卻舒緩了。

原來這女孩就是嘆塵那時討的老婆？

太好了，死會！

「老大。」嘆塵的臉又窘又黑，王爺絕對是刻意這樣喊他的！「既然是我家娘子，就不麻煩老大帶了，拖油瓶還是自己管好。」說完，他一把從祈雨默然身後撈過拂曉。

「哪裡的話，不麻煩。」祈雨默然定定看著這對名義上的夫妻在一旁展開自相殘殺——

「你看你都嫌我是拖油瓶了，當初就跟你說不該衝動成親！」

「要不是當時那樣做了，妳現在只會是更占空間的拖油缸，娘子應該感謝爲夫提攜才是。」

「嘆塵怎殤你混帳！」

嗯，他們只是名義上的夫妻，圖利而聚，利達則散，是吧？

所以，他對她的感情，還是有發展和爭取空間的吧？

東陸副本點，東方神鳥發明所在的神殿。

一行人依舊順利過關斬將，拂曉繼續在東躲西躲也躲不過的陰影中苟且偷生，倒數第二關的小怪偷襲能力甚至比之前的都強。

直到踏入關卡最後的神殿，天命唯你的眾變態才稍稍被拖住了。神鳥發明渾身金羽、光芒萬丈，擁有將死前十秒迴光返照、令血條瞬間補滿的天殺技能。而發明的血又不是一般的厚，眾人大絕放了一輪，換作其他BOSS早倒了，這隻大鳥卻不過掉了快五分之一的血量。

在隊友們奮力廝殺時，祈雨默然只是輕鬆彈著輔助曲，並沒有加入前線。

而拂曉只適合躲怪和納涼，便跟他待在一處。

「王爺輸出的傷害值絕對不比他們差，怎麼在這裡悠哉？」拂曉不解。

「我負責控場，讓他們的戰術順利進行，這樣輸出就能穩定。」他道，「對付血厚的BOSS若是求快不成，那便求穩。」

她不自覺流露出欽佩的目光：「我一直認爲很會打網遊的人一定頭腦都非常好，否則戰略分析怎麼能夠這麼精闢？只可惜他們往往懶得把這份聰明用在現實。」

拂曉是那種現實中不特別出色，網遊裡也不怎麼突出的普通人，所以她眞心爲上天創造這些人的美意感到惋惜。

「妳也別妄自菲薄。」

「咦？我的表情有這麼明顯嗎？」她摸摸臉，勉強笑笑。祈雨默然的眼光究竟有多犀利？竟能看穿她的情緒。

他淺淺笑著，湊近她耳根。

兩人聊著的同時，眾人持續攻擊，每當技能冷卻時間結束便馬上再度施放，如此來回五六輪，發明的血量總算見底，散發著不祥的紅光，尾刀照例要留給那個不知究竟矜貴在何處的「二嫂」。

關鍵的十秒！

「老大，快變奏！二嫂，尾刀了！」一路上鮮少開口的花不落與其餘三人從前線退開，距離發明迴光返照還剩七秒，以二嫂的短腿勉力一衝還能趕上擊殺。

但拂曉並沒有移動腳步，像是愣在了原地，而祈雨默然正說著什麼。

時間剩五秒。

「拂曉！快用象形咒變出劍……該死，還在聊！」嘆塵也急喊，可那兩人完全無視奄奄一息的發明，為避免前功盡棄，他只得握緊法杖狂奔上前，趕在最後一秒了結神鳥。

明亮的神殿瞬間黯淡下來，微弱的金屬反光映得嘆塵臉色微微冰冷。

「他們好像結束了。」祈雨默然拍拍拂曉的頭，「希望剛剛的話妳能放在心上，考慮看看。走，去撿寶吧。」

「你們要聊，也不應該棄隊友忘正事！」嘆塵開口，語氣很嚴厲，拂曉頭一次見到他這樣，有些嚇著了。

祈雨默然只是收起三弦琴，「以後尾刀，人人可搶便罷了。」嘆塵瞇眼，沒再多說什麼；曇荷容易則低低啐了一聲「狐狸精」，自顧自收寶物去了。

到頭來，眞正的大好人是高冷女神會長故傾城。雖然眾人沒有將爆出的任何寶物留給罪魁禍首祈雨默然，但她至少給了拂曉一張符咒「發明的金靈印」。

「這個給妳，反正也只有妳用得到。至於老大，你差點害我們做白工，王子犯法與庶民同罪，你不會不明白吧？」她覷了一眼闖了禍依然悠哉的某王爺。

「悉聽尊便嘍。」他無所謂地聳聳肩，「東西撿得差不多了，這就去找最後BOSS鳳凰的傳送點吧。」

他向身旁一看，空的。女孩不知何時到了嘆塵身旁，手還被緊緊握住。

好刺眼。

拂曉魂都還沒回來，幾乎沒察覺自己的右手被嘆塵握著，也沒有心思去觀察兩個「哥兒們」的神情變化。她滿腦子只迴盪著祈雨默然那句驚天動地的話，她這輩子第一次聽到的話。

也許，我喜歡妳喔？

祈雨默然對她說喜歡。

騙人的吧？他不清楚她的個性，而她連他的眞面目都不曾看過，他們或許欣賞彼此，卻也不甚了解彼此，這樣就能輕易說喜歡？那她跟討厭鬼熟到極致，怎麼就喜歡不上他？

還有，就算喜歡了，然後呢？可能根本無法長久相處也說不定。

王爺要她考慮，這是要怎麼考慮啊？她的確有那麼一點心動，可畢竟對他還沒有不可割捨的情感……

最重要的一點是，這裡是遊戲世界，什麼都有可能發生，卻也什麼都是虛擬，她沒有安全感。

「妳在想什麼？」嘆塵清冷的聲音響起。

「咦？」她是什麼時候來到他身邊的？

嘆塵早料到她會是這種反應，溫柔一笑：「妳從剛剛就一直心不在焉，怎麼，發現身旁的男人是自家老公難道不對嗎？」

就算這句話對，那隱隱的哀怨語氣也很不對。拂曉伸手將幾縷髮絲勾至耳後，試圖掩飾自己的無措：「嗯，呃……其實我對你們都沒有那種感情。」

她還沒整理好思緒，所以講話直接了點。

「我明白。」嘆塵一直以來的懷疑幾乎透過她的話得到證實：老大對他家娘子有意思。

但拂曉如此誠實，反而讓他的心情從原本的忐忑焦躁復歸平靜。還好，她對他們一視同仁，一視同仁的沒有感覺。否則他不知道要怎麼和跟自己一樣優秀的男人競爭，人總是贏不了與自己相像的人。

「不過我們終究是名正言順的夫妻，這是一種膚淺的占有欲。」她怔怔看著他，最後嘆口氣：「嘆塵，我一直記得你當初娶我的理由，但我現在反倒希望你是爲了從我身上得到什麼利益，我們能是各取所需的合作關係。抱歉，我沒有戀愛經驗，突然夾在你們的感情之間，實在不知該怎麼處理才好。或許我是個慢熱的人，說實話，我跟你們根本還不熟……」

「我認同妳的想法，感情可以如洶湧潮水襲來，也可以如涓涓小溪積流成河。就照妳說的吧，我們先別急著有太多羈絆，若有必須各取所需之處，還請多多擔待。其實我要的很簡單，妳做我名義上的娘子就好，我的感情能封存到妳日久生情的那天，在那之前，我們只是朋友。這樣好嗎？」他聲音雖輕，卻壓抑，「妳呢？妳也該從我身上圖點好處。」

「我玩網遊只是爲了消遣，胸無大志，沒有什麼非達到不可的目的。你只要管好你的心，別造成我的精神壓力就夠了。」

拂曉知道這話很傷人，但她只是想自保。戀愛這回事對她來說，酸甜苦辣未知，沒有做好準備她怎敢輕易嘗試？更何況是網戀這種高風險的形式。

腦海中閃過某人慵懶的模樣，她突然很想知道，討厭鬼對於這種事情會有什麼看法。

「我依然會帶妳練等。」嘆塵聲音有些沙啞，帶著她一同踏入傳送點。

預防勝於治療，所以拂曉不後悔把話和嘆塵挑明。她很清楚，她不會因此討厭他們兩人，她只是承受不起這份喜歡。

找個機會，把這番話也跟祈雨默然說了吧，這是她考慮後得出的答案。

傳送陣驟然猛烈搖晃起來，又陷入思緒中的拂曉被突如其來的地震搖得七葷八素，以爲就要吃土了，卻跌入一個溫暖厚實的懷抱。

「妳沒事吧？」再抬眼時，對上的是祈雨默然略有餘悸的雙眸，她被他接住了。

她雙頰不禁泛紅，神情頗不自然，不顧四周晃動依然劇烈，趕緊從他懷裡爬起，卻被一把按住：「危險。」

周圍成團的黑色星雲開始崩落，祈雨默然向其他人發令：「大家小心，我們遇上系統亂流了，傳送陣可能隨時會崩塌！」

祈雨默然扶住拂曉，花不落護著曇荷容易，嘆塵看著自家娘子和老大，心情很複雜。雖然不甘心，但老大能保護好拂曉才是要緊，他便到故傾城身邊，而她看那兩人的眼神和他一樣難解。

系統亂流是傳送陣常見的BUG，當伺服器玩家傳輸量過大導致系統繁忙時，就容易發生，但很少有這麼劇烈的。他們運氣眞不是普通的「好」，那些看似柔軟的星雲打在身上也頗痛的。

在天崩地裂的瞬間，傳送陣剛好將他們送達目的地，一行人全數被拋出。

拂曉悠悠醒轉，眼前一片漆黑，不見人影。

「王爺！嘆塵！會長！」待瞳孔稍稍適應幽暗的環境後，她起身尋找大家，一連呼喊幾聲仍未聞回應，回音倒是頗響。

她用力瞠大雙眸，憑藉壁縫中透出的微弱光線試圖看清周圍。這裡像個密室，只有她孤身一人的密室。

難道此地就是神鳥副本最後關卡BOSS鳳凰的據點？格局未免也差太多了吧！

不該這麼虐待玩家的啊！萬一被怪砍死了，誰來幫她復活？王爺——隊友還憑空消失？

內心無聲吶喊，待絕望的感覺過去，她還是決定理性地採取行動，去採探有沒有出口，畢竟現在只能靠自己了。

才踏出一步，腳下就「匡噹」一聲脆響，嚇了她好大一跳。

她好像踢翻了什麼東西。

又一股恐懼感油然而生。

拂曉驚恐跳開，半遮著眼，一副想看又不敢看的蠢樣。

搞什麼，原來是一個金屬小甕？

【隊伍】祈雨默然：拂曉？

【隊伍】祈雨默然：拂曉，妳在嗎？

【隊伍】嘆塵怎殤：娘子妳在哪裡？

【隊伍】故傾城：老大，座標系統無法使用，看來我們還在副本裡面，只是分散了。

【隊伍】祈雨默然：各自回報當前場景。

頻道視窗突然跳出，上頭訊息已是一整串。方才的死寂原來只是拂曉的感應艙當掉了。

她還來不及讀完全部，又跳出一個私語視窗。

【私語】祈雨默然：拂曉，妳沒事吧？怎麼都不出聲？

她朝視窗以語音輸入訊息。

【私語】無悠拂曉：剛剛感應艙當了，收不到訊息。

【私語】祈雨默然：妳那邊的場景是什麼樣子？

她一邊彎腰撿起小甕，一邊回答。

【私語】無悠拂曉：是一個密閉的小空間，黑漆漆的，空氣中有股霉味，幾乎沒有光源。這裡到底是哪……啊！

在她碰到小甕的瞬間，甕裡迸出強烈火光，奇怪的是那甕觸感冰冷，拂曉是嚇得收回手，而不是被燙得縮手。

【私語】祈雨默然：拂曉？

甕口突然飛出一個卷軸，接著甕身急速染上黑色。卷軸在她面前展開，鍍金大字鑲在紅布上，聖光逼人。

【私語】無悠拂曉：在太子星燃盡前，上天之子將受命運牽引而來，若未在上古銅器毀壞前來受召，太子星將殞，眾卿共殉太極殿……

身在他方的鶴王爺聽得一頭霧水。

【私語】祈雨默然：拂曉，妳在唸咒語？

【私語】無悠拂曉：不是，這是九龍奪嫡的任務指令。

什麼九龍奪嫡，她是穿越到清朝了嗎？

所謂的上天之子不是耶穌嗎？敢情連古今中外都錯亂了！

【私語】祈雨默然：九龍奪嫡？看來如我所料，這裡果然不是鳳凰所在處。

九龍奪嫡又是什麼玩意？難道是隱藏副本？可官方並未釋出任何關於神鳥副本

有隱藏關卡的資訊。

【隊伍】祈雨默然：傳送陣出了問題，我們被意外傳送到其他副本裡了。目前只知道這副本叫九龍奪嫡，似乎有過關時間的限制。大家趕緊去找自己所在的地方有沒有通往下一場景的出入口，遇到怪斟酌扁，畢竟我們完全不清楚底細，小心為妙。目標是找到拂曉。

【隊伍】花不落：老大，你怎麼知道這些？

【隊伍】祈雨默然：出去再說，不要浪費時間！

【隊伍】曇荷容易：默然，求多給點過關線索。

祈雨默然跳回私語視窗。

【私語】祈雨默然：拂曉，妳有沒有更多發現？

她正捧著銅甕當燈籠，勘查地形。甕身上的黑色已蔓延到甕頸，並且速度越來越快，裡頭的「太子星」燒得正旺，溫度卻依然冰涼。如果她的感知沒問題，她覺得之後可以去推翻理化老師的說法了，誰說燃燒一定是放熱反應！

【私語】無悠拂曉：密室裡有一半的內牆上雕著龍紋，另一半則是平滑的牆面，看起來像是沒雕完的半成品，牆角放著一塊寫著無上太極的牌匾，所以這裡應該就是卷軸內容所指的太極殿。還有一顆巨大的龍首，龍頸連接著牆面，像個造型溜滑梯……不妙！王爺，銅甕已黑了二分之一了！

聞言，祈雨默然緊皺著眉，一撥琴弦奏出高亢的琴音，凝聚音刃向一群煤球砍去，屍體落地即散，煤灰嗆得他直咳。

若未在上古銅器毀壞前來受召，太子星將殞，眾卿共殉太極殿……

銅甕、變黑、太子星燃燒……他飛快思索著，又瞥見那一團團黑霧，靈光一閃。

對啊！就是這個！

【私語】無悠拂曉：王爺！怎麼辦？你們究竟要來找我了沒？再拖下去會團滅的！

【私語】祈雨默然：妳那邊有沒有一種黑黑的煤球小怪出沒？

【私語】無悠拂曉：你指的是被我踩死的小臭蟲？有啊，這東西死了還一直放黑屁！

……放黑屁？那些是碳粉啊！有沒有搞錯！

原來對付牠們根本不必祭出音刃，是他太高估了。

【私語】祈雨默然：利用那些碳粉能阻止銅器變黑！

【私語】無悠拂曉：啊？眞的嗎？

拂曉有點反應不過來。那黑屁有這麼厲害？

【私語】祈雨默然：氧化還原啊！那個什麼太子星是熱源，銅甕變黑就是因爲與氧結合了，利用碳能夠還原氧化銅拖延時間！

【私語】無悠拂曉：靠，你好聰明！

她的欽佩之情又更上一層樓了，達到髒話才足以形容的境界，心裡的那點尷尬也暫且被拋諸腦後。

【私語】無悠拂曉：呃……可是，怎麼弄啊？

祈雨默然的臉黑得像塗了碳。

他都忘了這傢伙的化學是死罩門，知道該怎麼做才有鬼！

【私語】祈雨默然：叫妳好好聽課就不聽，現在知道麻煩了吧？

【私語】無悠拂曉：聽再多也還是不會啊……等等，你怎麼知道我上化學課都在打混？

糟了，一緊張就不小心露出馬腳。祈雨默然冷汗直流，趕緊把話題轉移到還原氧化銅的方法上。

【私語】祈雨默然：總之妳先照我說的去做吧。

拂曉依照王爺的指示收集「黑屁」，大把大把填入急劇氧化的銅甕中。

【私語】無悠拂曉：王爺，怎麼沒有反應！

沒有反應？

$2CuO+C \rightarrow 2Cu+CO_2$，這條反應式並沒有錯，不應該是這種狀況。不過極有可能是因爲太子星燃燒時沒有釋放出熱能，只是拂曉沒提到。

【私語】祈雨默然：耐心點，再等等。

【私語】無悠拂曉：等毛啊等，銅甕還在持續氧化呀！

哼，如果鶴王爺是大學生，那一定是二類組的科系，讀化工的就是死板，以爲什麼都能依靠那些化學反應，現在總算吃癟了吧！拂曉心想。

另一頭的祈雨默然則覺得事情實在瞎得可以。

【私語】祈雨默然：那只能說副本的設計者太沒腦子，明明條件齊全，卻沒有設定能進行氧化還原。

【私語】無悠拂曉：呃……

他根本是在暗諷她吧？

【私語】祈雨默然：罷了，沒法智取，那只好拚命了。

【私語】無悠拂曉：你想怎麼做？

【私語】祈雨默然：坐等團滅。

她沒忍住翻白眼的衝動。

【私語】無悠拂曉：都什麼時候了王爺還在開玩笑！

【私語】祈雨默然：哈哈，被妳看穿了。

拂曉無言。這個男人只有在她面前才會這麼白爛幼稚。

【隊伍】祈雨默然：妳放心，就算要破壞整個副本，我也會保護妳。即使再困難，我們也會過關的。

他沒有用私語，而是在隊伍頻道上發話，像個公然昭示的誓約。

拂曉的心情很複雜，但不可否認，她的心裡有絲暖暖的感覺，覺得自己應該信任他的實力。

【隊伍】祈雨默然：各位，準備爆破吧！

✽

咻——噗嗤。

牆上接近地面的那個巨大龍首突然吐出一團黑影，緊接著是衣袍摩擦的窸窸窣窣聲。

「什麼東西？」拂曉喝道，利用太子星的火光照明，看清那影子。

是個人。

「咳、咳……痛死我了……」沾了一身煤灰的黑人勉強爬起，拍拍身上原本該是月白色的套裝，「靠，髒死了……咦，拂曉！」

她皺眉，眼前那張烏漆抹黑的臉難以辨認，她提高手中的光源去看對方的ID：

「嘆塵？你是怎麼找到這裡的？」

「全靠它。」嘆塵攤開手掌，掌心中躺著一塊泛著綠色幽光的美玉，他露出潔白的牙齒燦笑，「進入這九龍奪嫡副本後，它就忽然自體發光，一直指引著某個方向。大家都急著找妳，於是我乾脆賭一把，照著它的指示走，結果卻掉進地洞，沒想到最後眞的找到妳了！」

「不對啊，它怎麼會在你手上？」拂曉驚異地看著那塊本該在她包裡的獸形綠玉珮，她明明幫嘆塵代爲保管了。

「妳之前不是寄還給我了？」他眨眨眼，狐疑。

「我沒有啊。」拂曉前幾天還檢查過。

「妳有隨信交給我啊，我叫出收件匣給妳看。」他調出信件介面，埋頭翻找著，「奇怪，那封信怎麼不見了？我記得沒有刪啊……」

「當然不會有，因爲我根本沒寄過。」

「一定會有，因爲我確實收到了玉珮。」

兩人僵持不下，最後嘆塵下了結論。

「娘子，莫非我們都被盜號了？」

「大神，盜你的號還說得過去，盜我的有屁用啊？」拂曉嗤之以鼻，「總而言之，這玉珮果眞邪門，BUG不斷。」

來無影去無蹤的，現在還兼具手電筒與GPS等多項功能。

嘆塵抹了把臉，掏出絲帕裹好玉珮，小心翼翼收進懷裡：「就算是邪物，現在它對我來說也是獨具意義的寶貝。因爲它，我才能夠來到妳身邊。」

話音一落，整個太極殿驟然明亮，萬丈光芒取代寂黑，兩人反射性抬手遮眼。這時，拂曉得到的任務指令卷軸沐浴在金光裡飛至空中，再次展開，上頭一字一句浮現與方才不同的內容。

恭喜玩家嘆塵怎殤與玩家無悠拂曉通過「九龍奪嫡」副本，先帝遺願得了，將賜爾等榮華，獨降……太……之位於爾、爾……

呃，沒看過文字浮現也會LAG的！

老天，這遊戲的程式設計部眞該檢討檢討。

「什麼東西？」拂曉一邊在內心吐槽，一邊覺得莫名其妙。獨降什麼於爾？

很快，卷軸隨著外頭突然響起的爆炸聲支離破碎，場面又回歸一片黑暗，副本內的一切開始化爲一組組白色數據消失，程式管理員的警示語音急促迴盪。

「警告，副本遭到外力惡意入侵，數據已毀損，本公司將盡速進行搶修，爲確保玩家安全，請立刻撤離本區。警告——」

兩人愣了幾秒，嘆塵率先反應過來，額上青筋直跳。

「那傢伙簡直太亂來了！」他厲喝，眸光一沉，抓住拂曉的手拔腿飛奔，塌陷的牆恰好成爲他們的逃生口。

嚇傻了的拂曉任由嘆塵拉著逃。

祈雨默然眞的炸了副本，可聰明如他卻忽略了副本一旦數據化的危險性。畢竟他不是駭客，不懂得如何安全破解遊戲，只能以蠻力介入破壞。

這次爲了她，他難得疏忽了。理性的頭腦果然不適合被感性牽著走。會腦殘。

一隻微涼的小手從身後抓住祈雨默然的手腕，力道很緊。

「老大，出去之後，我們再來好好算清你這趟欠的糊塗帳。」

出聲的是故傾城，她透過被爆破的牆看見還愣愣呆立的祈雨默然，於是快速移動到他身旁，準備帶著他跑。

聞言，他只是幽幽望著不知是否正確的某個方向，揚起一抹苦笑，點了點頭。

六人最後摔在皇城外的林子裡，總算有驚無險逃出了崩塌的副本。

這一摔驚動滿林鳥，燕雀齊飛，幾個路過的小玩家也用異樣的眼光看他們，眾人血量見底，成了一具具無語望天的屍體。

「你們都忘記我說的話了，不能在皇城逗留……」祈雨默然有氣無力地說，就算成了屍體仍舊能以語音溝通，只是渾身使不上力。

「混帳，都怪你！你現在還有臉叫我們聽你的話？」嘆塵怒火中燒，管他是老大還是大老，做錯事罵下去就對了！

「嘆塵，老大好歹還是老大，注意你的態度。」故傾城出聲警告，她雖然也對祈雨默然今天失常的表現不能苟同，但還是選擇幫忙說話。

想到老大爆破副本讓全團陷入險境的莽撞，嘆塵便怒氣難消。然而或許眞正讓他暴怒的，是祈雨默然爲了拂曉能豁出一切的決心。

這男人沒名沒分，此等萬死不惜的心意根本不應該存在！

「是他太衝——」

「對不起。」不等嘆塵二度爆發，祈雨默然坦率地認錯。

眾人第一次見老大低頭，全都噤若寒蟬，好在脖子也確實僵硬得動不了，否則面面相覷多尷尬？嘆塵也因此消停了些。

「我想……我們先回公會要緊吧？方才的騷動恐怕會引來宮笑華的人馬。」好脾氣的花不落適時插話，要拂曉捻個傳送符送所有人回公會。

拂曉很爲難：「花不落，這……我現在動彈不得……」

「……」

難道他們要在這「陳屍」到宮笑華的人來幫他們收屍嗎？

日頭正烈，他們八成會先被曬成乾屍。

「老大……」花不落沒有因爲祈雨默然出包而對他不再信任，還是習慣把決定權抛給老大。

祈雨默然嘆口氣，「沒辦法了，大家先下線吧。記得上線時把座標設定在公會。」

在《東宮》裡，若角色死亡又無法即時復活或傳送到安全地點，玩家多半會選擇下線，屍體將從場景裡隱去，三小時後就能自動復活。

王爺一聲令下，六人同時消失在城郊林中。

感應艙「嗶」的應聲開啟，顧雲曉起身活動筋骨。雖然在遊戲裡的活動量很大，但實際上她只是在感應艙裡一直保持著躺姿，這突然一動，四肢麻痺的感覺便蔓延全身。

「嘶——」她跛著腳，感覺彷彿有千萬根針扎在腳底板。甩甩手轉轉頭子，肌肉伸展開的痠麻讓她不禁倒抽一口氣。

現在是中午十二點，看見時間，她才意識到自己其實餓了，於是決定去廚房泡碗泡麵。

「什麼？有玩家誤闖開發中的副本？」房外，顧雲曉的哥哥顧翊恆正站在那裡講電話。他眉頭微蹙，認眞聆聽著對方的話。

「沒錯，可見你的程式設計還有瑕疵，不僅來不及完工，竟連外層的加密防火牆都不牢靠，部分的編寫不嚴謹更導致傳送點對點間的方位錯亂，那六名玩家才會因此誤入！」電話那頭的人語氣急躁，隱含著怒意，「BOSS要你現在馬上到公司修改程式，一個未完成的副本被多次入侵，你以為上頭還會讓你留著這個底細盡露的東西嗎？小顧，這次的隱藏改版就只差這個副本了，你可別輕易讓設計部前功盡棄——」

「報告李組長，我知道了，馬上過去！」顧翊恆一臉無奈收起手機。

這個刻薄前輩從不管他是不是十八歲天才工程師，只認定他是來長期打工的菜鳥，又年幼可欺，每每抓著一點小把柄就對他囉里囉嗦，以凸顯自己的專業與地位。顧翊恆也只能包容前輩的潛在自卑與雞蛋裡挑骨頭，畢竟他還想待在扉華資訊深造。

扉華資訊就是《東宮ONLINE》的開發公司。

「哥，你又要出去了？」顧雲曉端著泡麵走出廚房，見到自家哥哥抓起隨身碟就要奪門而出。

「工作。」簡潔的回覆是他對待妹妹的一貫態度。

顧翊恆從小才智過人，總給顧雲曉一種遙不可及的距離感，所以兩人並沒有很親近，她反而跟才讀國小的弟弟比較合得來。

她不懂哥哥到底是在打什麼工，需要這麼隨傳隨到、赴湯蹈火。

唉，反正聰明人的思考模式與做的事情不是用常理能推斷的，她知道自己的哥哥眞的是個厲害的天才少年，所以爸媽才對他這麼放心。

什麼時候，她才可能和哥哥一樣？

✻

「老大，你帶我們來這幹麼？」花不落驚道。

再次上線，所有人都出現在公會，而後集體傳送到東都鶴王府，祈雨默然不發一語領著大夥來到王府中的暴室。

暴室是古代處罰犯事下人、逼供甚至行刑之處，也就是刑房。

系統配給諸多刑具，放眼望去，滿清十大酷刑只是基本，不過那些只是擺好看的，並不能用以傷人。暴室的功能只是在裡頭攻擊「受刑」的玩家不會被發布通緝令或紅名，是正當輪白人的場所。

一般情況下，若在刑房以外的地點惡意攻擊玩家，當對方血量或等級下降到一定程度時，襲擊者便會被系統紅名，成爲人人喊打的過街老鼠；而當初在其他地方把嘆塵就地正法的故傾城之所以沒有被紅名，是由於某種特殊裝備的保護。

王府的暴室久未開啟，漫天的灰塵飛揚。

祈雨默然逕自走入，坐於縛椅上，手銬腳鐐自動把他困住。

他環視訝異的眾人，平靜開口：「這次的失誤是我太莽撞了，我願意受罰。開輪吧！」

眾人皆面有難色，故傾城卻不囉嗦，一揮手就砸了道冰刃下去，只是殺傷力並不高。

「意思一下。」她淡淡道。

祈雨默然笑了，眉宇間因疼痛微微皺起：「做得好。各位，這是你們光明正大揍老大的機會，確定不把握？」

待其餘三人都下手後，終於輪到拂曉。

她不愧為「低級的大嫂」，等級仍是全公會最低的，若是痛扁祈雨默然這尊封頂大神，獲得的翻倍經驗值足以讓她連升個兩三級，可她只貼了一張復原咒在他額上便收手。

「王爺，你這是何苦呢？」她看多了濫用公權掩蓋自身過錯的人，卻沒見過硬要與庶民同罪的王子。

「就算貴為王爺，進了副本大家都是沒有品級之分的夥伴，做錯就是做錯，應該一視同仁。」他說得義正詞嚴，血條也恰好在這時補滿。

「下次別再用那麼激進的方法破副本了，要不然好歹練練駭客技巧吧。」拂曉碎碎念著收回符咒，祈雨默然跟著起身。

他的身材很高，雖然創角時可以調整身高，但他只動了五公分，現實中的他本就特別鶴立雞群；拂曉雖然也看得出有調高，不過在他眼裡依然是嬌小的，最適合站在他身邊。

從幼稚園以來，就只適合站在他身邊。

可是在遊戲裡，她反而不該站在他身邊。

「低級的大嫂眞的越來越有大嫂樣了，嘖嘖，我忽然覺得拂曉跟老大有點配哪。」花不落用手肘頂頂嘆塵，臉上是促狹的笑。

「不好笑。」嘆塵冷冷一掃。竟敢看好他家娘子紅杏出牆，當他是死了嗎？

花不落無辜搔著頭，最近嘆塵三餐都吃炸藥，開不起玩笑。

「該罰的罰完了，該賞的也必須論功行賞。」祈雨默然的目光落到故傾城身上，「傾城在副本崩壞時護主有功，但因官銜已高，無法加封，僅給予——口頭嘉獎一支！」

會長女神沒好氣地翻了個白眼。這實在太沒誠意了吧！

「拂曉於副本中身負探索先鋒大任，念其勞苦功高，特封爲三品東湘郡主。」

他又說道，形容得極爲誇張，讓當事人臉色不知該紅還是該黑。

郡主便是該郡郡王之女或姊妹，若是姊妹，則爲僅次於公主的官職。

此言一出，語驚四座。

這話的意思是，祈雨默然要收拂曉爲義妹？

等等，既然如此，他喜歡自己的妹妹可是亂倫啊！

在拂曉震驚之際，官銜那欄的五品尙侍已更改爲三品郡主，全身裝備也都換成符合郡主身分的華麗樣式。

她一介民女，又無背景，卻因爲王爺發出的一道提拔指令，瞬間躍上枝頭成了鳳凰，世界頻道沸沸揚揚討論著半路殺出的無悠拂曉是何方神聖。

「曇荷是嬪妃，我無權提拔；花不落和嘆塵各提一品，謝謝你們還願意相信我這個有點失敗的老——」

「老大。」嘆塵出聲打斷，「我反對。」

祈雨默然挑眉，瞟他一眼。「反對什麼？」

嘆塵目不斜視，語調鏗鏘，神情冷靜：「我不要升爲四品的什麼大官，我要當東湘郡主的郡馬。」

原本歡歡喜喜的封賞，瞬間變成了主權戰爭。

拂曉只覺得困擾，這兩個男人又來了。

「嘆塵……」她幽幽開口，兩人同時回頭望她，「這跟我們當初說好的不一樣。」

祈雨默然露出疑惑的表情，嘆塵則偏過臉。他不認爲自己的行爲有違反當初的約定，她是郡主，他當然就是郡馬，縱使只是名義上的夫妻，這個官銜屬於他仍是天經地義。

但他心知肚明，他的想法是踰矩了。

很多事情明知道，卻做不到；想限制，卻無法控制。感情是如此，醋意和他所謂的占有欲更是如此，即使他當初曾經保證過。

「我的感情能封存到妳日久生情的那天，在那之前，我們只是朋友。這樣好嗎？」

拂曉的所在處湧起一陣煙霧，她下線了。

✿

顧雲曉已經快兩個禮拜沒上線了，雖然這樣說大概會被廣大女性同胞滅口，不過她確實暫時不想去面對那兩朵天菜桃花，甚至避之唯恐不及。

為什麼他們能那麼快就喜歡上她？

她承認她和普通少女一樣，面對帥哥會有怦然心動的觸電感，可就是生不出心動以外的感情。

帥哥人人愛看，卻不一定人人愛。

「至少證明妳不是外貌協會的花痴，好事。」莫予齊涼涼道。

這算是安慰嗎？

下節課是體育課，同學們都走光了，顧雲曉還在座位上改考卷改得焦頭爛額，莫予齊則藉口不舒服在教室休息。他一如往常坐在顧雲曉旁邊，一手撐頭半倚著桌子，慵懶地拿餘光瞧顧雲曉，那副樣子根本沒病。

體育課是他喜歡的課，他幹麼要裝病？

算了，她的思緒夠亂了，沒空去想他裝病的原因。

顧雲曉手握紅筆勤奮地打著勾，嘴上倒也沒停，即使傾聽對象是討厭鬼，她也想把這些煩心事一吐為快。

「莫予齊，網戀究竟是什麼樣的東西？發展網戀到底好不好？會不會很容易被騙啊？」

「網戀喔，就是字面上的意思啊，不要過分沉溺的話還可以，至於被騙，我能肯定絕對不會，反正妳這人沒什麼好圖的，會看上妳就絕對是真心。」

今天的討厭鬼很反常，雖然嘴巴一樣壞，卻是最低等級的壞，還一一回答她的問題，真是佛心來著。

「我對他們也是真心相待，可是他們想要的顯然不是朋友間的真心。他們把另一種真心給我，我卻無法回應，這樣好有壓力喔。」她長吁一口氣。

「那就別玩那遊戲了，避不見面不就沒事？」他淡淡說。

「不行！感應艙很貴的，而且我很喜歡《東宮》。」她猛搖頭。

「那還顧慮這麼多做什麼？做妳想做的事就好，至於戀愛的感覺是逐漸積累的，不是每個人都能夠一見鍾情，總之船到橋頭自然直。」莫予齊下了結論，又挑起唇角，「不過，我還真該表揚一下喜歡妳的那兩個人，很不容易啊！妳在遊戲裡是不是修很大？」

她哼道：「至少還認得出是我啊。倒是你這個光棍，是不是很羨慕我桃花雙開？需要分一個給你嗎？」

「分一個給我太大材小用了，他們對外貌的包容度與接受度那麼高，面對我無法發揮長處。」莫予齊的笑容更邪魅了，然而顧雲曉只覺得欠扁。

討厭鬼其實也算是個帥哥，值得慶幸的是，顧雲曉沒有對他怦然過，比起心動，她絕對會先心肌梗塞。

顧雲曉收拾考卷，一拍桌就往教室門口走，打算把那個嘴賤男拋下。怎麼每次跟他講話就是找罪受！

「喂。」莫予齊追上，身高優勢讓他輕鬆抬手彈了下她的小腦袋瓜，「春天已經過了，妳現在應該擔心的是運動會。體育老師說，從今天開始，每天的基本訓練是跑十圈操場。」

顧雲曉一聽，差點仆街。神啊！爲什麼要這麼殘忍，讓她蠟燭兩頭燒？

*

《東宮》在拂曉決定回歸後發生了大事。

久居深宮的體弱皇帝NPC駕崩了，得年二十五歲，英年早逝，整個《東宮》世界換上一片素白。

有玩家猜想這是本次的改版內容，但官方沒有說明；也有玩家說這是個突發隱藏劇情，或是即將有什麼特別活動，不過無論是哪種情況都有些詭異。

清明節已經過了（而且也沒有人在因應清明節的），遊戲公司怎還會設計出這種場景與劇情？也不怕玩家嫌晦氣？

而且遊戲論壇上也是神神祕祕的，一直到劇情被觸發前都沒有半點相關消息，讓人越發好奇官方葫蘆裡賣的是什麼藥。

遊戲內還因此多了許多規矩，例如不得穿著鮮豔的衣裳，服裝一律素淡，違者會遭系統紅名；歌舞院與青樓被迫提早打烊，連王府裡的私人演藝閣也被強行限制開放時間。

國喪期間的禁忌完全遵循傳統禮法，玩家彷彿真的穿回了古代，雖然遊玩的樂趣減少了，好奇心反而被吊得老高。

一代君王駕崩，意味著腥風血雨即將到來。摸不透官方將行的套路，《東宮》世界裡瀰漫著山雨欲來的氛圍。

顧雲曉卻無暇湊熱鬧，她雖然重新上線了，但在線時間很短，原本的遊戲時間幾乎都被拿去應付即將來臨的校慶運動會特訓。

她發現她的桃花們似乎也很忙，好一陣子沒再爭風吃醋了，讓她精神放鬆了不少，能夠全心全力搞定運動會。

要是能一直這樣融洽下去就好了。她真心希望。

運動會終於到來的那天晴朗無雲，顧雲曉雖然緊張，不過至少總算從特訓的折磨中解脫了。

今天一定要好好表現，然後快快樂樂回去玩遊戲！

「預備——砰！」

槍聲落，群虎衝，勢均力敵、高下難分，男子田徑賽總是格外刺激精彩，顧雲曉一邊分裝飲料一邊看得熱血沸騰。

每個班級都設立了一個攤位，顧雲曉的班級是規劃賣飲料，誰沒有上場比賽就由誰負責顧攤。而她的體育不是不特別好，是特別不好，所以這任務自然落到她頭上。

「我要一杯紅茶半糖少冰，謝謝。」一道清朗男聲自攤前響起，來人很高大，但顧雲曉的視線還是越過他，專注於下一場比賽，同樣是男子田徑。

她看到討厭鬼在場上，銳利的目光直視前方，像隻蓄勢待發的雲豹。

加油啊！她在心裡爲他打氣。雖然他倆是不對盤的死對頭，但比賽攸關的是班級榮譽，基於這點，她當然希望他能贏了。

「咳、咳！」一陣誇張的清嗓聲傳來，「我要一杯紅茶半糖少冰，謝謝！」

顧雲曉不情願地轉回頭，暗暗嘖了一聲，隨手抄起一杯飲料裝袋遞出去，過程中沒有看對方一眼。「二十塊，謝謝。」

討厭鬼起跑了，很快與其他選手拉開距離，眞有兩把刷子！

「不好意思，這是奶茶，我要的是紅茶。」對方又出聲，語氣裡不是對顧雲曉態度散漫的怒意，而是快要潰堤的笑意。

「啊，抱歉。」顧雲曉急忙收回奶茶，重新盛裝了一杯紅茶給他。因爲那怪異的語氣，她的視線終於落到對方身上，也怪異地看了一眼這個人，「你的紅茶──嘆、嘆塵？」

眼前的少年居然有張和嘆塵一模一樣的臉，還衝著她笑得顚倒眾生！

他穿著他們學校的體育服，原來是同校？那不就代表……遊戲裡那個身形挺拔模樣成熟的前大神，其實和她一樣只是個高中生？

「娘子。」嘆塵喚她，承認了自己的身分，不過那聲愛稱讓她差點沒忍住潑他飲料。

「再一杯紅茶，謝謝。」他笑道。

顧雲曉快速裝好，急著把這個閃亮亮的人送走。自從剛才他來到攤位後，她就一直遭受莫名的嫉妒眼刀攻擊！

「請妳。」他卻將飲料遞給她，「既然我們有緣相認，不如陪爲夫在校園裡晃晃？」

顧雲曉覺得自己要被一道道怨恨的目光射穿了。

帥哥果然高攀不起！偏偏對方又硬要貼上來，以行動告訴大家他喜歡她！

「我、我有攤子要顧……」她顫抖著唇推辭。

「黎懋，交班！」嘆塵叫了某個在一旁滑手機的男同學，是顧雲曉班上的邊緣人。

「是的，大哥！」黎懋巴結似的立刻跑來，穿上工作服就把自己的同學推入火坑，「顧雲曉，妳好好陪陪我大哥！」

「大哥？」她戒備地瞧著嘆塵，「你該不會有在混吧？」她可不敢和這種人有什麼來往。

「是妳們班那傢伙硬要當小弟的，但我們不是道上那種兄弟啦。」嘆塵急忙解釋，他可不想才相認就讓顧雲曉留下壞印象。他又伸出手：「正式自我介紹一下，三年一班程子勳，也是嘆塵怎殤，請多指教。」

顧雲曉的下巴差點掉下來了。

嘆塵居然是程子勳學長！

這位學長是傳說中極低調卻聲名遠播的神祕校草，許多人只慕其名不見其人，但是只消他一現身，那氣場總是能讓人一眼就斷定他是那個校草。

她熟悉的一直是遊戲中的嘆塵，因此完全沒有想到他會是程子勳。

回想在《東宮》裡度過的那些時光，她心中只有一個髒字能形容。這也太誇張、太言情了吧！

最詭異的還是嘆塵喜歡她，也就是程子勳喜歡她！

「呃……」見他沒有放下手的意思，她壓抑亢奮的情緒，擦擦手，小心翼翼握上：「二年五班顧雲曉，無悠拂曉……」

他的笑容更加燦爛了，猶如藍天豔陽一般奪目。

「我們早就是朋友了。」

從今天以後，是不是更有機會不只是朋友了？程子勳想。

Chapter 04　NPC是情敵？

順利摘了金，拿到金牌的瞬間，他只想和討厭他的她分享。

莫予齊往自己班上的攤位望去，只見阿宅黎懋在接待客人，顧雲曉則在附近的榕樹下，與一個目測比他高半個頭的男生聊天。

他的目光瞬間轉冷，眉頭擰起，移動到另一個位置想看清那個高瘦男生的臉。

程子勳？

好啊，在遊戲裡霸著他的女孩，現實裡也想站在她身邊？

那可是他專屬的位置！以他的神通廣大，從沒讓顧雲曉身邊出現過他以外的雄性生物，就連她之前養的小倉鼠都被他調包成母的。

現在，程子勳明目張膽踩到他的禁忌了。

「難怪最近沒怎麼在遊戲裡遇到妳，原來妳都在忙運動會。」程子勳用吸管戳破飲料封膜，遞給顧雲曉。

「學長也是。」明知道眼前的風雲人物就是遊戲裡神經神經的嘆塵，她還是很拘謹。「謝謝，我自己來。」

「妳可以繼續叫我嘆塵，或是勳也可以，叫學長多見外啊。」他微笑。

動。

「你跟她很熟嗎？」莫予齊突然出現在顧雲曉背後，用陰惻惻的眼神盯著程子

顧雲曉聞聲回頭，差點撞上討厭鬼汗溼的前襟：「嚇我一跳……你比完啦？」

這傢伙沒事站這麼靠近幹麼！

他沒理她，仍舊與一派輕鬆的程子動對峙著。

「這位學弟是？」程子動有禮地詢問。

莫予齊已經認出程子動就是嘆塵，但祈雨默然在遊戲裡總是戴著面具，所以程子動沒發現莫予齊就是老大。

要是知道老大其實是自己的學弟，他會作何感想？

「我們班的副班長、討厭鬼、嘴賤男、我的死對頭，莫予齊。」能這麼公然罵他，顧雲曉心頭大快。

程子動維持一貫的微笑，向莫予齊點頭：「莫學弟。」

「八婆，下一場比賽的選手都去做操了，妳還在這邊搭訕人家？好歹秤秤自己斤兩吧。」他捉起她的手腕就走，徹底無視了程子動。

「靠，討厭鬼，你叫誰八婆！」她被拉得踉蹌了一下，沒好氣地爆粗口。走了幾步，她又連忙回頭向程子動說：「這傢伙就是沒禮貌，學長別放在心上。」

「嗯，比賽加油喔！下次再聊。」程子動揮了揮手，目送兩人離開視線範圍

後，才緩緩擰起劍眉。

遊戲裡有個祈雨默然，敢情他在現實中也遇上情敵了？

「莫予齊，你發什麼神經！放開！」顧雲曉被硬是帶回空無一人的休息區，這句話她一路上不知喊了幾次。

「妳少跟那個校草走太近。」莫予齊神情嚴肅，明顯十分不悅，「他沒有那麼單純。況且妳想成爲女性公敵嗎？想不開也不用這樣。」

「哇，你這是在吃醋不成？」顧雲曉瞪大眼。「還是你自慚形穢，所以故意抹黑他？還沒有那麼單純咧，在演八點檔喔……喂你幹麼！離我遠一點！」

他的俊臉驀然在顧雲曉眼前放大，笑意很痞：「我只是不爽看妳在我之前幸福罷了，那個程子動應該喜歡妳吧？他喜歡妳這件事本身就很超乎常理了，當然不單純啊。」

「干你屁事，神經病。」她翻了個白眼，往後一退，「你全身都是汗臭味，走開啦！」

「快點去跟大家一起做操，八婆。」他一屁股在休息區的椅子上坐下，翹起二郎腿。

她送他一根中指後離開。

加入隊伍一同做暖身操，顧雲曉默默想著想著，突然不可思議地覺得討厭鬼很貼心。他恰好在她和嘆塵尷尬相對的時候出現，又強勢地把她拉走，一頓拌嘴讓她的心情頓時沒有了面對程子勳時的緊繃。

雖然嘴上說的話依舊不討喜，但她隱隱發覺，討厭鬼也許只是不擅表達對她的關心。

「妳少跟那個校草走太近，他沒有那麼單純。」

程子勳確實是個神祕的人物，但他是壞人嗎？

還有，討厭鬼真的是在關心她嗎？

這樣的他好像有點可愛。

＊

運動會後，拂曉仍是一刻不得閒，這全歸罪於《東宮》官方舉辦的全服活動，太子選拔。

活動背景是NPC昭華太后在先帝龍案上發現紙鎮藏有機關，意外開啟了密室，並在裡頭發現了寫到一半的密詔，其中指出皇儲已立，皇太子隱身於民間。

於是太后廣昭天下，希望找出太子；同時，空懸的皇位也引起各方皇族的覬覦之心……

活動目的即是募集各路高手齊聚一堂PK，勝者爲王，敗者爲寇。最後的贏家將受封爲太子登基，坐擁《東宮》的江山，享受至高無上的榮耀與福利，光想就令人興奮。

唯一的限制是，女性不得參加。

簡直是赤裸裸的性別歧視！女人也是可以撐起一代王朝的啊！

「老大，你就代表天命唯你去參加吧！還有嘆塵！」故傾城一在中央皇城看見懿旨，便衝回公會慫恿自家的兩尊大神，難得表現得異常興奮，「唉，可惜我不符資格，否則我去的話，說不定能成爲下一個武則天！」

【公會】曇荷容易：是啊，你們快參加吧，如果是你們，勝算一定很大！趕快把我從頤寧宮救出去啊，我不想當什麼太昭儀，好老的感覺！

連待在宮中的曇荷都發話加入勸誘行列。先皇駕崩後，她的官銜就變成了太昭儀，被強制遷居至頤寧宮「頤養天年」，原本華麗的行頭換成土氣俗貴的老太妃裝。她明明是正値荳蔻年華的小姑娘啊！

兩位當事人面面相覷，一個挑眉一個皺眉。

「若是眞去了，想必一定會走到互相廝殺那一步。」祈雨默然說。

「反正你們在公會裡也是一天到晚大眼瞪小眼，兩個大男人像女孩子一樣玩這種小把戲，小家子氣。」拂曉嗤道，「眞有本事，就趁這個機會光明正大切磋一下啊。」

「可以啊，那贏的一方可以把拂曉占爲己有！」祈雨默然幼稚地喊。

「你敢！」嘆塵顯然很吃這套，馬上面目猙獰，一揮衣袖一掌拍在木桌上。

拂曉無奈扶額，這兩個傢伙的明爭暗鬥好像有低齡化的趨勢啊……「我說你們，不要鬧啦。」

「哈哈哈……」祈雨默然看著嘆塵，突然哈哈大笑，「拂曉，妳看看他那什麼滑稽表情。」

「哼。」嘆塵抱胸重新坐下，驀地勾起一絲笑，「我會參加。」

「呦。」祈雨默然一臉促狹，故作思考貌：「那我是否不該參加呢？免得你到時候怪我搶走拂曉……」說完又自己笑了起來。

「王爺今天是忘了吃藥？」拂曉送他一枚白眼，轉向精神狀態看來比較穩定的嘆塵：「學長怎麼突然答應參加？」

自從得知嘆塵就是程子勳後，她便再也沒有喚過他的ID，改口叫學長了。嘆塵雖然對這個改變很不滿意，但也沒有強迫拂曉。

「妳不覺得坐擁山河、稱霸天下的感覺很有趣嗎？」他的眼中流露出勃勃野心，讓拂曉感到陌生。

當一個人心裡有了欲望和目標，眼神跟態度都會改變。

「那我也報名。」祈雨默然的眸光轉為幽深，「就算平常會為了女人小小反目，但需要共同打天下時還是該並肩作戰，這才不枉為兄弟，是吧？」

「那就先謝謝老大了。」嘆塵微笑。

雖然決定得突兀，不過見兩個人願意合作，拂曉是高興的，只是仍隱隱感覺得到他們各懷鬼胎。

唉，她深深體認到，男人這種生物，心機亦是深重啊。

太子選拔如火如荼展開，大神雲集，其中呼聲最高的自然是兩尊神中之神——「天命唯你」的祈雨默然和「世人笑痴」的宮笑華。

後起之秀嘆塵怎殤也有令人驚豔的表現，宮笑華的心腹左丞浮生殘亦是亮眼，卻傳幕後軍師左丞夫人浮夢隨君才是真正的人中龍鳳，只是神龍見首不見尾；雖然女性無法參加選拔，仍不妨礙浮夢隨君成為全服最有名氣的女人，甚至還壓過女相故傾城的名頭。

總之，有這幾人縱橫天下，參與太子選拔的玩家幾乎被掃掉大半，他們僅存的威脅就是彼此。

祈雨默然和嘆塵怎殤不費吹灰之力通過初選和複選，前九強很快產生，終選即將到來。

最終對決舞臺設在皇城，官方沒有料到選拔進度會如此快速，終選的副本程式尚未設計周全，故釋出一個禮拜的準備期給玩家，雖然這段時間對眾大神而言根本是不必要的。

「有你們在，我想這遊戲的玩家只會越來越少。」拂曉不禁感嘆，自家公會那兩個罪魁禍首驕傲地對看一眼。

都說齊家而治國，他們卻要先治國再齊家，攜手將這江山打下後，再一較高下。

兄弟，莫過如是。

這只是祈雨默然自己的想法，可他相信嘆塵也是這麼想的。

就算他們的情誼也許即將成爲過去式，至少曾經兄弟一場。

接下來一個禮拜的日子，兩個男人對於該做什麼都心照不宣。

努力提升拂曉對自己的好感度是首要之務，但他們都很清楚不能操之過急，以免再次嚇到拂曉，否則到時爭得天下而沒有人共享，豈不落寞？

對他們來說，這比太子選拔還更具挑戰性。

嘆塵藉著夫君的名義先發制人，以修行夫妻技能爲由把拂曉帶回家「睡」，就像當時那令人意猶未盡的洞房花燭夜一樣。

「運氣、運氣、再提氣……好，放！」

嘆塵手把手教導拂曉怎麼施放他們剛習得的夫妻技「龍鳳陰陽」，其實這並不算難度特別高的雙人技，只是拂曉一直感覺到身後男人的氣息噴在自己肩頭上，完全無法專心練技。

這是要她怎麼集中精神？體內眞氣一直被岔開啊！

毛的，這破遊戲爲什麼限制修習夫妻技能一定要在床上，且還不可與夫君距離超過五十公分！拂曉在心裡怒吼。

「哈！」她將體內眞氣盡量提高到巔峰，使勁打出一掌，原本應該召喚出浴火鳳凰，卻只蹦出一隻禿毛小雞。看著那隻小可愛在床上蹦蹦跳跳，拂曉崩潰地拿自己的臉往枕頭上砸。

嘆塵笑著搖搖頭，這張床上不只有一隻小可愛，還有一隻大可愛。

「雲曉，妳不能一直躲著我。」他輕聲說，喚的是她的眞名，「我不希望因爲我是程子勳，妳就不像以前對待嘆塵那樣對我。」

程子勳身爲校董的兒子，一表人才、優秀過人，卻也是孤傲的校園王子。這種氣質並非與生俱來，只是因爲他的世界裡沒有眞心的朋友。

人人好像都喜歡他，但他明白大人們喜歡的是他的家世背景，女孩們喜歡的是他的俊帥外表，沒有人是因爲喜歡他這個人而親近。就連所謂的朋友，又有幾個不是存著傍大樹好乘涼的心態，才假裝跟他稱兄道弟？

他習慣掌權，習慣高高在上，然而不代表他的心就如帝王般冷硬。

所以他喜歡天命唯你，喜歡偶爾不當老大，如今又好不容易交了拂曉這個朋友並喜歡上她，他不想因爲程子勳這個身分讓拂曉也對他升起敬畏。

「咦？我沒有啊。」她反射性否認。

「身爲嘆塵的我，才是眞正的我。」嘆塵兀自說著，「至少在遊戲裡不要提醒我，我是程子勳。」

拂曉轉頭望他，那雙深邃的眸子裡藏著冀望，讓她似乎也感受到了什麼。

她輕輕一笑，喚出那久違的稱呼：「其實我也比較喜歡像個神經病的嘆塵，所以把這副表情換掉吧，嘆塵是白目輕佻卻很有個性的人。」

他一愣，隨即會意過來，抬手摀著心口哀嘆：「原來娘子一直拿看智障的眼光看我，爲夫實在痛並快樂著！」

拂曉額角青筋直跳。她看學長根本是有人格分裂吧？

可不管怎樣，眼前的嘆塵是風雲人物程子勳，而遙不可及的程子勳也是她所熟悉的嘆塵。兩邊都是他，她又何必另眼看待呢？

都是她的朋友啊。

「好啦，文青也文青過了，白痴也白痴過了，再教我一下怎麼用龍鳳陰陽。」拂曉一聲令下，嘆塵開開心心黏了上來，見狀，她補上一句，「但是麻煩保持好五十公分的距離，不要再噴我氣了，很曖昧！」

唉，果然人生最棘手的就是這個「但是」。某色狼難掩失望。

「孤男寡女共處一室又在同一張床上，早就不清白啦。」他噙著笑意。

「你閉嘴！」拂曉指著禿毛小可愛，「欲求不滿的話，那隻雞給你晚上加菜，滾遠點！」

小可愛聞言咕咕叫得震天價響，像在向蒼天指控某個女人的殘忍無情，又蹦到嘆塵跟前裝可憐搏同情。

就算煮了小可愛，他的欲求不滿也不是這樣滿足的啊，他想吃的是大可愛……嘆塵哭笑不得。

不過他們總算恢復以往那種相處模式了，真好。

*

祈雨默然搶得第二天的發球權，帶著拂曉快快樂樂出遊。

「我們去南都韋郡白滔江刷珍珠做項鍊，上繳到安陽公主府，這樣公主會在她的芳名錄記上一筆，繳越多記越多，若是拉攏了公主，也許能讓她在太子終選時給我多加點分。」祈雨默然打著如意算盤。

拂曉笑著搖頭：「賄賂啊？不過王爺，芳名錄記的可是準駙馬候選人，你小心到時候太子沒當成，被強擄去當公主的壓寨相公。」

「哦，這樣可不行！」他誇張地作驚恐貌，又戲謔道：「那項鍊還是送給妳好了，看妳是要幫我加分，還是要直接把我擄去當壓寨相公？」

拂曉嘴角的笑意僵了僵，捶他一下，語氣聽不出喜怒：「貧嘴。我跟嘆塵還沒離婚呢。」

「開開玩笑嘛。」祈雨默然的神色在拂曉移開目光的瞬間，悄悄黯了。

她就那麼喜歡那個程子動？

女人都是膚淺的帥哥雷達，總是一致向著英俊多金公子哥的方向看。他以爲她不是這種人的，因爲他也英俊帥氣多金，她卻從沒向著自己。

兩人各懷心思，但依然不減遊興，換上抗水屬性的供氧裝備後，便一同潛入白滔江淘珍珠。

在天命唯你眾人的帶領下，拂曉的等級總算小有成就，上了八十級，算是能獨當一面的中高等玩家了。兩人並肩合作，一面欣賞水底風光，一面逮到大蚌就宰，短短十分鐘已經取了近百顆珍珠，戰績頗佳，讓後面進來的玩家個個空手而回。

「拂曉，妳眞的變強了。」祈雨默然讚美。

「也多虧有你們這些強大的夥伴。」拂曉笑得燦爛，在水底戰鬥額上還是會出汗，她抬手抹了一把。

幸好當時沒有輕易選擇離開《東宮》，她才能有今天的成就。

這些公會同伴們，在她心中也有一定的重要性了。

建立起了革命情感，兩人輕鬆說笑著繼續前進，走了好一段路，卻再也沒遇到任何一只蚌，其他的怪也無影無蹤。

祈雨默然率先察覺這寧靜太過詭異。「都快走到白滔江中央了，照理說怪會變多，怎麼反而沒有半隻？」

「是嗎？」拂曉是第一次到白滔江來，不清楚這裡的場景設定。

下一刻，一道海旋驟然刮起，來勢洶洶，他們還來不及反應就被捲入，分散的兩人隨即被吸進寬大的珊瑚礁縫中，整個驚天動地的過程不到兩秒。

「拂曉！」耳裡迴盪著祈雨默然的聲音，隨後她便沒入了深深黑暗。

隨著海旋在礁縫中跌跌撞撞，拂曉不知道經過了多長時間，只覺意識快被撞散了，視線也逐漸失焦。這時，一隻溫熱的大掌有力地抓上她的手臂。

「我會護著妳。」祈雨默然的黑眸炯炯有神，堅定地說著他在神鳥副本裡沒有兌現的承諾。

這次他不會再輕忽了。他將她拉進懷裡，決定用身體護著她。

「王爺，小心後面！」在這片溫懷中，拂曉的神智逐漸清醒，目光越過他的肩頭看見後方有塊礁石突起。那會刺穿人的！

祈雨默然立刻轉頭，然而依舊反應不及，他感到背上一陣撕裂的疼，反手一掌劈落那危險的突起。鮮血從背部噴出，他的血條大幅下降，令他們身周的海旋像捲著一條紅絲帶。

拂曉頓時大駭，趕緊捻了個中高級咒師才能習得的回血訣幫他補血。這法訣補的血量雖然算多，但祈雨默然的血量更多，她只好忽視自己的吃力感，多使用幾次。

「還好鯊魚游不進珊瑚礁的縫隙。」祈雨默然無奈地笑道，伸手阻止拂曉繼續施展法訣，「還不知道後面會有什麼等著我們呢，不要一直耗魔。」

「我耗魔是小事，你失血是大事。」拂曉翻了個白眼，她比這尊愛逞強的大神識時務，手上動作並沒有停下。

危急時棄車保帥，這是大家都明白的道理，大神不能死。

祈雨默然凝視著懷中女孩認眞的模樣，忍不住撫摸她額前細碎的瀏海，這個舉動讓拂曉明顯僵了一下。他壞笑道：「我不知道妳竟寧願犧牲對咒師而言最重要的魔力量來救我。」

「這是看在你想犧牲自己的分上，白痴。」她有些羞窘，沒好氣地說。

拂曉之所以羞窘，是因爲他那樣摸著她的瀏海。

記得媽媽說過，爸爸以前最喜歡帶著溫柔的表情撫摸媽媽的額髮，這是一個男生珍視喜歡的女孩的方式。

她感覺自己的心跳好快、好亂，有股柔情悄悄萌生。

他揉亂她的髮，眼帶寵溺。

兩人不斷往下掉，終於見到了出口的亮光，下墜得也更加急速。

咚的一聲，他們跌落在一座光明殿堂的角落，拂曉身下有祈雨默然墊著緩衝，不過祈雨默然便摔了個紮紮實實，好不容易補回來的血量又掉了一半，兩人皆是欲哭無淚。

「這裡是哪……」他撐起身，映入眼簾的是一張珠光寶氣的氣派王座，一名龍首人身的怪物端坐其上，正聆聽著座下蚌殼怪訴冤。

空中突然浮現展開的卷軸，上頭寫著「南海龍王殿」五個金字。

老天，他們是掉進龍宮裡了！

祈雨默然仔細聽著大蚌殼的說詞，這傢伙訴的冤分明是在告他們狀，說他們殘殺蚌殼一族。

龍王注意到了他倆，低沉的龍吟傳遍整個大殿：「罪人已至，汝等對於所犯之罪行可有辯解？若無，吾將治汝等殘害龍王子民之罪！」

祈雨默然無語了，怎麼沒有人跟他說過，刷怪效率高也是一種罪？

「且慢！」他拉起拂曉，三步併作兩步衝到龍王座前，一腳踹開討人厭的蚌殼怪。龍王正要發作，他卻昂首不卑不亢道：「玩遊戲刷怪打寶物天經地義，這有什麼罪？」

龍王一拍龍座扶手，咆哮：「放肆！與本王進言膽敢不跪下！」

「剛才臭蚌殼告狀時可沒這條規矩！」他堂堂鶴王爺，爲什麼要跪一個長得像怪的NPC？

「汝見到蚌殼有生膝蓋了麼？」龍王反問，「四肢健全的怪異人類，禮數自然不可少！」

祈雨默然頓時深深覺得，這遊戲的設計就是要讓玩家掉智商的。

「歪理啊！」

「跪下回話！」

「龍王……」

「跪下回話！」

「反正重點是，我們是無罪——」祈雨默然懶得跟牠耗，直接切入重點。

「跪下回話！」龍王依然堅持，怒氣值不斷上升。

「你還是跪吧。」拂曉悄聲相勸，「面對驢蛋，你的自尊不值錢。」

祈雨默然挑眉，看來某人比他更不把這個海中霸主放在眼裡。

凡人能爲五斗米折腰，尊貴的鶴王爺也能爲成功溝通屈膝。他像歷史上英使晉見清帝般單膝下跪，這已是他的最大讓步：「龍王，玩家刷怪眞的是無罪的！要不珍珠還你們一半？」

誰知這麼一跪，龍王的怒氣值瞬間破表，牠顫抖著龍爪，漲紅了臉指著祈雨默然：「你、你放肆！誰准許你跟本王求婚的！大膽狂徒，莫非想誣衊本王有斷袖之癖！」

此言一出，拂曉差點沒昏倒，某苦主更想一掌拍死自己。

老天，這活寶NPC是失敗品吧！

不過當務之急是讓狂暴化的龍王冷靜下來。

祈雨默然只好趕緊雙膝跪地，裝模作樣：「龍王陛下息怒啊！」

雙目赤紅的龍王並不領情，化爲眞身盤旋於殿上，龍嘯震耳欲聾：「汝等蠻幫刁民，莫要以爲本王會輕饒過你們！」

殿裡還迴盪著龍鳴，拂曉卻聽到一聲細不可聞的「叮」。

那是任務鈴聲。

「王爺，我們好像觸發任務了。」她叫出任務面板，上頭果眞新添了筆「龍的姻緣」。「看來再怎麼求牠息怒也沒有用，你快問牠有什麼指令要我們執行。」

祈雨默然頷首，高喊：「龍王，你想要我們爲你做什麼？」

盤旋的巨龍見他們接受了任務，便緩緩降落，恢復人身端坐高座，怒氣値也歸零，彷彿剛才的鬧劇從沒有發生過。

「汝等狂徒誣衊本王有斷袖之癖，本王必須捍衛自己的清譽，故此，吾要安陽公主做這龍宮城的女主人，汝等能否達成本王之託付？成必有賞，敗亦須罰。」

【系統】玩家是否接受龍王的託付？

都走到了這一步，兩人莫可奈何地組隊，點選了「是」。

「看來這些珍珠注定要統統繳給安陽公主，不能中飽私囊了。」祈雨默然一臉心疼。

「看來安陽公主的婚後生活有得受了，人獸，會很『性』福。」拂曉也爲公主心疼。

「少碎嘴，快去辦事！」惱羞的龍王一吼，把兩人丟出龍宮，傳送到了南陸的安陽公主府。

接下「龍的姻緣」任務後，拂曉兩人被系統喬裝成普通僕婦與小廝，混入公主府的工織坊中，開始了沒日沒夜的珍珠項鍊生產作業。

「我們從沒進到這裡過，跟工織坊裡的女官NPC好感度都是零，更別說要跳級去向公主說媒了。」拂曉邊串著珍珠邊嘟囔。

「所以我們勢必要先跟下人們打好關係，才有機會去討好公主。」祈雨默然叫出面板查看當前場景NPC的資訊，分析著：「要滿足工織坊女官的好感度需要五條珍珠項鍊，上頭的尙侍、尙宮等四位NPC各需十五條，公主則要二十五條，總計我們必須做九十條珍珠項鍊。」

「九十條！」拂曉驚嚇，「要這麼多啊！」

「滿足下人們的好感度是爲了讓她們引薦我們去見安陽公主，而滿足安陽公主的好感度只能讓她願意開口和我們說話而已，要深談勢必需要更多項鍊。所以想把這門親事說定……」祈雨默然屈指一算，「至少要一百五十條吧。」

聽到這個數字，拂曉倒抽一口涼氣，手上的半成品散落一地，落珠的聲響引來女官的責罵。

唉，她原本還想讚歎遊戲公司佛心來著，做一條珍珠項鍊僅需四顆大蚌珍珠——結果她眞是大錯特錯了！

一百五十條總共要六百顆，他們雖不愁珍珠不夠，但一想到串項鍊的費時費工，拂曉就想把這任務的開發者抓來閹掉。

只能說，官方終究是以坑死玩家爲樂。

在被完全坑死的前一刻，他們總算收買好所有該收買的人，冷若冰霜的公主拿到一箱的項鍊後面色和緩許多，兩人便上前準備與之展開對話。

孰知才來到公主所在方圓三公尺處，一個高大挺拔的冷俊男人就突然跳出來阻擋，並拉起PK陣。這人內力雄厚，運氣一震，輕易把拂曉打出了血紅色的結界，只留下祈雨默然。

「本官乃安陽公主之二官人慕容闕，對公主欲謀不軌之徒，本官絕對不會放過！」男人低吼，渾身散發著殺氣，將一臉莫名的安陽護在身後。

敢情還沒搭上話就有人醋勁大發了？祈雨默然額上掉下三條線。

由於PK陣的阻隔，被彈出陣外的拂曉聽不見裡頭的聲音，祈雨默然發了隊伍訊息給她。

【隊伍】祈雨默然：這男的大概是公主的男寵，我還沒碰到公主一根寒毛他就對我炸毛，無奈。

拂曉收到訊息，噗嗤一笑。

【隊伍】無悠拂曉：看來某人即使扮成太監也不減風采呀。

就像她初識嘆塵時一樣，但她想祈雨默然面具下的風姿一定更勝。

【隊伍】祈雨默然：我跟妳科普過很多次了，小廝還是正常的男人！

不過看在她誇他帥的分上，祈雨默然決定就不計較這點小口誤了。

【隊伍】祈雨默然：噢，男寵看起來很想揍我的樣子，我勢必得跟他打一場了，先關頻。

【隊伍】無悠拂曉：加油，一定要贏，證明太監的功能也很正常！

祈雨默然眞的默然了，這女人一定要用雙關嗎？

「到時公主對我青眼有加了，妳怎麼辦呢？」他在訊息欄輸入，還來不及傳送，慕容闕就一掌運足氣打了過來，讓他無法再分神閒聊。

要是知道這句話將一語成讖，並令他最愛的女孩陷於進退維谷之境，他絕對不會隨便開玩笑。

雙方在血色的結界裡展開一場殺紅眼的激戰，等級未知的慕容闕招招凌厲，直取要害，而琴師的技能卻不利於近戰；幸好祈雨默然在新手階段有把格鬥技練起來，雖然久未使用生疏許多，但憑藉自身強大的屬性加成，要贏過慕容闕還算有機會，只是辛苦了點。

對方直擊，他便疾速閃躲；對方側攻，他便以退爲進，趁著對方變換招式時那微不可察的空隙準確出擊，將格鬥技的精髓發揮得淋漓盡致。

一番苦耗，祈雨默然終於磨光慕容闕的血量，但自己的血條也見底了。

結界在PK結束後自動破碎，祈雨默然被拂曉迎面貼了一身的復元咒，女孩以眼底的欣喜掩飾方才擔心的情緒，他看著她的舉動，眼神蘊藏淡淡柔情。

「精彩。」安陽公主步出自己所在的結界，跨過慕容闕倒下的身軀，鳳眸直瞧著祈雨默然，一眼也沒有施捨給自家官人。

她一襲豔色錦裙迤地，蓮步輕移到兩人面前，向祈雨默然微一欠身：「闕奴見罪於公子，本公主代他向公子致歉。」

「公主的禮小人可受不起。」祈雨默然趕緊扶起她，雖然這安陽公主前倨後恭，但他有龍王的託付在身，還是表現得客客氣氣。

「這世間居然有能贏過闕奴的高人存在，本公主實在敬服。」安陽的神情異常嫵媚，聲音溫軟：「說吧，你有求於本公主什麼？」

「稟公主，小人是南海龍王的使者，龍王仰慕公主已久，小人特替龍王來向公主提親，還望公主應允。」他依照任務指令把這段文謅謅的話複製貼上，自己都起了一身雞皮疙瘩，「龍王為海之霸主，身分尊貴，定然配得上公主。」

「哦？」她挑起黛眉，嗤笑一聲：「本公主男寵無數，俱是風華絕代、武功高強之人中龍鳳，若其貌不揚，龍王身分再尊貴又如何？本公主為何一定要應下這門親事？」

「嫁予龍王，公主便是后，從此能夠共享龍宮，並受獨寵。」祈雨默然猜想這安陽公主定是重權之人，於是不假思索從提示欄裡選了這句話回覆。

更何況，女人不就愛「願得一心人，白首不相離」這套？

「后位？共享龍宮？」她又是不屑地一笑，語氣針鋒相對：「就是先朝皇后都要敬我這公主三分，我還稀罕什麼龍宮和王后？」

老天，這女人根本來找碴的吧？拂曉暗罵，對安陽極度沒有好感。

相較之下，祈雨默然比較沉得住氣，依舊面不改色：「敢問公主如何才肯答應下嫁？」

這任務非解不可，否則空手而回還不被那隻龍宰掉！

安陽朱唇噙著笑意，美目流轉，最後定睛在撇著嘴的拂曉臉上：「要本公主答應？行，讓她跟本公主比試一場。」她那塗著紅蔻丹的纖指指向拂曉，嬌笑一聲，「若是她能贏過本公主，本公主便下嫁。而若是本公主贏了……公子就必須入贅至公主府，本公主喜歡強悍的男人。」

搞了半天，原來安陽公主廢話這麼多的原因，就是因爲看上了他，並且處心積慮想要得到他？

天啊，他不是來替龍王討媳婦的嗎？怎麼反倒把自己搭進去了！祈雨默然抱頭。

另一邊的拂曉也很頭大，那個跋扈公主看起來就不好對付，而且從頭到尾都沒正眼瞧過她，怎麼就擅自把祈雨默然情歸何處的重責強加給她？這樣一來，她還得同時身負維護王爺男人尊嚴的壓力啊！

天降大任於斯人也，見到祈雨默然近乎絕望的哀怨神情，拂曉很爲難。應了不是，不應也不是，畢竟輸不得。

NPC愛上玩家算不算BUG啊？她簡直想向官方投訴！

拂曉心裡焦急如熱鍋上的螞蟻，祈雨默然冷靜沉著地繼續與公主對峙。此時，周遭湧起一陣濃重脂粉香，安陽的眼眸逐漸變得血紅，那是狂暴化的前兆。

非打不可了嗎？

事已至此，他沒想太多，一躍而起迅速撥弄腰間月牙琴弦，向公主射出一道道音刃。

沒法和平對談，他便先發制人，就算對方是女人也一樣！

「禦魔陣！」安陽一揮袍袖，防護罩將祈雨默然的凌厲攻勢擋下，「竟對本公主出手，公子的風度呢？」

「恃強凌弱，專挑弱者下手，妳這NPC又有什麼風度？不，是設計妳的人沒品！」他冷聲反駁，見普攻被輕易格擋，於是換了曲調，琴音轉爲波瀾壯闊。

「本公主不對你出手，是希望給公子留點面子。」安陽揮動衣袖，颳起一陣陣香風掃去高速襲來的密集音刃，「公子以爲自己打得過我？」

「不試試怎麼知道？」他瞇起雙眼，不顧對方是女人，殺招盡出，甚至撥奏起〈喪魂曲〉。

拂曉跟了祈雨默然這麼久，一下就辨認出那指法與旋律，〈喪魂曲〉是琴師的大絕，能一招置敵人於死地，但亦有一定的機率造成反噬。安陽公主是個不簡單的BOSS，他不清楚對方的底細，怎敢貿然使用這招？

他真的能爲了她變成笨蛋，可她不想總是受他保護，總是被當成弱者。

下定了決心，拂曉走到祈雨默然身邊，一把按住所有琴弦，打斷他的彈奏。

「這是女人和女人之間的戰爭，你不要插手。」

「妳不是安陽公主的對手。」他皺眉。

「王爺如果是出於保護我的心態，那你也不是她的對手。」拂曉非常清楚失去理智的他根本無法成事，「我不想老是受你保護，我也想爲你、爲天命唯你盡點力。我已經八十等了，不算弱，我不要再被大家當成弱者，我要成爲能和你們並肩作戰的夥伴！」

她用力推開一臉複雜的祈雨默然，隨後拉起PK陣將他隔絕在外。

陣裡，是兩個女人不見硝煙的戰場。

「我看得出那公子喜歡妳。」安陽朱唇輕啟。

「公主好細膩的心思。」拂曉驚歎於這NPC的人工智慧之高，竟能夠察覺人的心意。

「可惜，妳不喜歡他。」安陽斷言，「我們女子在心上人面前總是一副嬌弱模樣，妳卻恰恰相反。」

「公主也是。」拂曉淡淡道，「妳也不是因爲眞的喜歡他才想得到他，只是想滿足自己征服男人的欲望。」

「NPC不被允許有喜歡人的權利。」安陽一笑，眸子靈動起來，彷彿擁有了眞正的生命，「但本公主不只是NPC。」

「什麼意思？」拂曉一頭霧水。

「我第一次對玩家坦白，其實我是眞人所扮的NPC。」

拂曉震驚了。她曾在網遊小說裡看過眞人扮NPC的設定，卻沒想到有天會眞的遇到。

如果安陽公主是眞人，是不是就代表……對方眞的可能喜歡上祈雨默然了？這世界上充斥太多一見鍾情，太匪夷所思了！

拂曉一陣胸悶，感覺彷彿專屬於自己的東西要被搶走一般。她微啞著嗓子開口：「妳爲什麼要對我說？」

「想說就說了，一個人守著這個祕密很累。」安陽輕輕一笑，「現在妳知道了，所以我們是自己人了，要不要告訴公子看妳。」

「自己人……」雖然這劇情超展開得很莫名其妙，但安陽公主本質上算是半個玩家，被困在這小小公主府與眾多數據日復一日相處，確實怪寂寞的，硬是讓拂曉擠出了一點點同情心，「既然是自己人，那還打嗎？」

安陽妖嬈一笑：「打，當然打。若是我勝，公子依舊要留下來陪我，若是妳勝，那我們便做個交易，你們放棄龍王的任務，我可以給你們更豐厚的賞賜當作交換。如何？」

「那就開始吧！」拂曉在回應的同時展開攻勢，指間捻著三張符咒，分別是隱身咒、定身符與分身術，三訣並用，行動極其靈敏，在PK陣裡無法使用禦魔陣的安陽閃避不及，中了定身符。

既然是眞人，和NPC相比肯定更容易出現失誤。在拂曉認爲安陽是眞正的NPC時，她畏懼，幾乎肯定自己不會贏；但知曉了對方的眞實身分後，她覺得好像也沒有那麼難攻克了。

雖然這只是心理作用，不過仍是令拂曉冷靜許多，才能抓準對方的一瞬分神迅速出手。

安陽身陷桎梏，有如砧板上任人宰割的魚肉，拂曉再次捻訣，畫起五行八卦陣，造成的傷害卻不到預期的四分之一。

她忘了，就算是眞人扮的NPC，各項能力仍然很強大。

三十秒過去，定身符失效，尙有五分之四血量的安陽猛然躍起，她看不見隱身的拂曉，只能透過氣息去感受拂曉的所在方位，卻發覺四面八方都是相同的氣息。

是分身術。

無法確定哪個才是目標，就用群攻！

「梨花降雷！」安陽公主折斷一片指甲，並將斷甲拋出，瞬間化成道道天雷劈向地面，拂曉暗叫不妙。

落雷勁道強大，拂曉左閃右躲，本尊無恙，然而分身全軍覆沒，隱身咒也在此時失效了。

技能還待冷卻，咒師也不擅長近戰，可現在只能正面應戰了。

他能爲她失去理智，她爲何不能爲了他捨身一戰？

調整氣息、踩穩腳步，拂曉施了個法訣將靈敏度加成到最高，如雲豹般猛然躍起，手捻一張吸血咒鎖定安陽，將全身力量貫注在這一擊。

一定要命中！

安陽公主的模樣在她眼前逐漸放大，符咒接觸到那光潔前額的前一刻，安陽陡然消失，徒留一抹倩影殘存於拂曉眼底。

一擊撲空，拂曉重重撞上PK陣結界，趴倒在地，疼痛讓她起不了身，眼前漸漸昏黑。

陣外的祈雨默然見狀已是一身冷汗，見安陽移動到拂曉身後，他揚起了手，也不顧陣內的她聽不聽得見，拚了命嘶吼：「拂曉，危險！她在妳後面，快起來！妳快給我起來——」

安陽回首，眼底帶著若有似無的傲然笑意，揚起的纖臂落下，一道金雷隨之朝拂曉劈去。

「不要！」祈雨默然大吼，縱使他的心跳幾乎要停了，仍無法停止狂奔向前。

他要破壞結界，無論用什麼方法。這一切只爲了那個總是叫他討厭鬼的女孩。

他突然也想在遊戲裡聽她這麼喚他。

啪。

這是腦波與感應艙頻率斷開的細微爆鳴聲。

斷線了。

拂曉記得斷線前她已經什麼都看不見，當那道金雷劈下的瞬間，她好像聽到祈雨默然絕望地呼喚，伴隨結界碎裂的聲音……

和安陽的比試，是她輸了吧？

她對不起王爺。

*

祈雨默然用身體衝破了結界，那股蠻力著實嚇了安陽公主好大一跳。

可惜，慢了一步。

「公子，是我贏了。」安陽螓首抬起，一臉驕傲。

祈雨默然目不斜視，冷著神情，滿心只有倒臥在地的拂曉。他快步上前擁住她，她的身子卻倏然消失在他懷裡。

【隊伍】玩家「無悠拂曉」已下線。

「本公主贏了。」安陽再次開口。

「我會信守承諾。」他背對著紅衣麗人，冷漠答道。

思及剛剛發生在拂曉身上的危險狀況，龍王的託付於他已經不算什麼了，任務棄置也罷。

他又再次陷她於險境，可有人像他這樣對待喜歡的對象？

這樣的他，要是讓她知道他其實就是……只怕拂曉會對他更沒有好感吧？

「不必了。」安陽的聲調驀地高亢，「公子對那位姑娘一心一意，本公主不要一個沒有心的男寵。」

祈雨默然頗為訝異，居然有如此善解人意的NPC？罷了，網遊的世界本就無奇不有。

「但是本公主有條件。」

「公主請說。」

安陽淡淡一笑，鬧劇至此，該回歸任務劇情了。

今天她玩得很開心，可以恢復成沒有多餘感情的全職NPC了。

她從袖中取出一塊令牌，交給祈雨默然：「這是母后的令牌，拿去回了龍王，這門親事太后替公主回絕。」

熟悉的任務提示聲響起，這次的任務名稱是「安陽公主的抉擇」。

【系統】任務物品「昭華太后的令牌」已放入玩家包中。

「至於龍王那邊還要公子做什麼，公子自己看著辦便是，別再打擾本公主了。」語畢，安陽一揮手強制將祈雨默然傳送出府，獨自走回閣中。

她是扉華的工讀生、真人NPC，自然知道即將到來的太子終選，也知道祈雨默然就是最終的九人之一。

那塊令牌，便當她助他上位一臂之力吧。

被驅離公主府後，祈雨默然即刻啟程前往龍宮。沒有拂曉陪伴，他也不想浪費時間解任務。

見了龍王，亮出令牌把公主的話傳到後，他便選擇了放棄任務。龍王理所當然震怒不已，眼見一場戰鬥又將展開，他趕緊腳底抹油開溜，實在是累得不想再多費力氣。

任務中斷，在任務中獲得的物品理應被系統收回，但那塊太后令牌仍安穩躺在他手心。祈雨默然雖覺詭異，卻也沒放在心上，他現在只想回公會，然後下線好好休息。

原本帶她開心出遊的美意，最後竟變成這般結果……

Chapter 05 太子選拔

回到公會，早有人臭著臉在等待祈雨默然，準備興師問罪。

「老大，你這回又帶拂曉去哪裡闖了？」嘆塵在正堂翹著腳守候多時，總算讓他堵到剛踏出傳送陣的祈雨默然。

「上山下海。」祈雨默然挑起一絲笑，「先去白滔江水底掏珠珠，再去陸上安陽公主府串珠珠。」

嘆塵被他那裝可愛的說法雷得扯扯嘴角，「你們是上刀山下油鍋吧？玩掉一身血量，我好痛。」

「心痛？」

「身體也滿痛的。」嘆塵指指頭頂只剩三分之一的血條，「『身心連理』，夫妻雙方其中一方挨刀或掉血，另一方將同步承受百分之五十的痛感與損血量。」

「哦，是夫妻技啊。」祈雨默然撇嘴，「這什麼鬼技能？以後不讓你們一起下副本了，砍一個結果死兩個。」

「在組隊模式裡無效。」嘆塵道，眼神冷了幾分，「修這個技能的目的不過是爲了時時確保我老婆的人身安全，今天總算發揮了作用。」

「嘆塵，你這是變相的監控。」藏在面具下的俊容微微繃緊，祈雨默然仍故作輕鬆：「犯規哦，我們說好公平競爭。」

「拂曉與我是系統認定的夫妻，我這麼做只是公正行使作爲夫君的權利，老大一個外人，怎麼能說是不公呢？」嘆塵倒是直接挑明：「你二度置她於險境，這樣還叫喜歡她？如此我怎麼能放心把她暫時交給你？」

「你說的對，這次是我的錯。」祈雨默然低聲道，「不過你我都不用擔心，拂曉應該被PK致死的痛感痛怕了，而且又爲沒有保住我的男人尊嚴感到愧疚，我想短時間內她不會願意上線。」

「老大，你很卑鄙。」嘆塵冷冷斥責。

「純屬意外。」祈雨默然聳聳肩，眸光深沉，「既然你還是這麼認爲，那就待到太子終選之日，再來一場不卑鄙的明爭吧！」撂下話，祈雨默然只覺身心俱疲，直接下線了。

✿

他一如往常懶洋洋地趴在桌上，饒富興味看著她的異常慌張。

「哎。」

「哇！」顧雲曉一驚，愣愣看向莫予齊的臉，好一會兒才不悅皺眉，「討厭鬼，你幹麼突然出聲嚇人？」

「我沒有突然出聲啊，我剛剛一直在彈舌頭，妳沒聽到嗎？像這樣。」他抬抬下巴，嘴裡嗒嗒嗒作響，一臉狡黠：「做了虧心事哦，嚇成這樣。」

「才沒有。呃，應該不算吧……」她低頭，表情隱藏不住掙扎，最後還是長吁一口氣，坦然開口，「你幫我個忙好不好？」

現在這種情況，她也顧不得求他會有什麼下場了。

「我考慮。」他敷衍道，接著湊近她，「妳先幫我個忙好不好？我好餓。」

面對意料之中的要求，她熟練地武裝起自己：「又要幫你跑腿？沒空！」

「虧我這次不只要叫妳去買，還要叫妳出錢呢，三十塊就好。」他豎起三根手指，還學貓咪抓了兩下，抓得顧雲曉黑了臉。

既要白痴又裝可愛，這不叫天真，叫白目、欠修理！

「有蜘蛛！」她冷不防叫道，手指向他的椅子。

「啊！」

看著討厭鬼華麗麗轉身跳上桌子輔以高八度鬼嚎，顧雲曉瞬間身心舒暢。

這傢伙老是雍容度日，天不怕地不怕的，偏偏有個可笑的死穴——怕那長著八隻腳的黑色東西。儘管他一再強調是他愛好美麗事物的眼睛容不下噁心的生物，她仍是一口咬定他害怕。

她怎麼捨得不藉題發揮呢？

「我是說，有、隻、豬。」她得意地竊笑，手指直直戳中他的鼻子，「想吃東西，沒門！但是我可以爲你開一扇窗，到底要不要先幫我？」

莫予齊恨恨咬牙，「怎樣啦？」

她掀開手邊的箱子，裡頭有個籠子，那籠子裡當然有住戶。

「教官等等不是要突襲檢查嗎？好巧不巧我今天把布丁帶來了。」

他探頭，一股木屑的氣味混合著淡淡鼠臊撲鼻而來。

沒錯，布丁是一隻小倉鼠。

「妳腦袋壞了啊，幹麼把這東西帶來學校？還碰上突襲檢查，人衰就不要作怪好嗎？」

「所以才要你幫忙啊！」

「妳不會是要我幫妳藏吧？拜託，妳要過關我就不用？」

顧雲曉雙手合十，眼睛眨呀眨的，難得誠懇：「你那麼聰明，滿腦子都是餿主意，把牠藏好對你來說不是難事吧？」

這是在誇他還是損他？莫予齊扯扯嘴角。

「好啦，就這樣，交給你我放心。」她笑嘻嘻，語氣還隱含了幸災樂禍，「哎呀，你剛剛說想吃什麼？我去幫你買。」

他重述一遍。

「哦好，你說多少錢來著？」

他舉起一隻爪子，又舉起另一隻。

三加三，「六十？」

他陰陰地笑，是三乘三，「九十才對。」當然要視任務難度斟酌加價了。

「九十！都可以買一個大便當了，你眞的是豬！」

「我記得帶寵物來學校是一支小過哦，拿九十元買一次免死機會，眞是划算得我都不想賣妳了。」

顧雲曉暗暗磨牙。罷了，花錢消災！

莫予齊果然不負所托，順利地瞞天過海，教官還誇他們是班上最守規矩的好學生。但是兩人心知肚明，教官不在時他們是如何彼此勾心鬥角，盡己所能地「敗壞」風紀。

天色將暗，莫予齊才剛到家，直奔感應艙之際，卻接到一通意外的電話。

「哪位？」

「莫予齊，我把布丁忘在學校了！」手機那頭是顧雲曉擔憂的聲音，「都怪你啦，藏得那麼隱密，害我完全忘了這回事，都沒問你藏在哪！」

他眉心跳了跳，這年頭辦事不力會被罵，太可靠也會被找碴？不過他確實該負一部分責任，因爲他跟她一樣糊塗，也把這事拋諸腦後了。

「怎麼辦啦，你到底把牠藏在哪裡？」

「妳現在人還在學校？」雖然嘴上這樣問，但他內心已經否定了這個可能。現在學校裡人大概都走光了，顧雲曉那邊理應不會傳來嘈雜聲。

「在公車上，快到家了。我一直找不到，再找下去會錯過班次。」

「笨蛋，那妳現在才問牠在哪裡有什麼用？」莫予齊沒好氣地抹了把臉，這一抹好像把黑心都抹成白的，說出口的話連他自己都覺得不可思議，「妳就乖乖回家，我回學校去拿，不勞大駕親臨。」

不等她回以驚訝的反應，他就掛了電話。夜幕已完全垂下，他抄起腳踏車鎖頭的鑰匙奪門而出，飛快騎到學校。

警衛室裡燈火通明，兩個值夜警衛悠哉享用著便當，目不轉睛盯著小電視，螢幕上球賽正如火如荼進行著。

莫予齊本來摩拳擦掌準備翻牆，如今有賴這兩隻米蟲，學校大門是敞開的，大搖大擺走進去都不會被發現。

他開啟手機的手電筒功能照明，很快來到術科大樓的音樂班專用琴房裡，掀開鋼琴的頂蓋，布丁剛好叫了幾聲歡迎他。

別怪孟母要三遷，瞧，讓布丁在鋼琴裡住八小時，牠都會唱歌了。

也難怪顧雲曉找不到，因爲根本不是藏在教室裡。藏違禁品的最佳地點就是越意想不到之處越好，於是莫予齊冒著被音樂班同學殺掉的風險，把布丁放到他們視之如命的鋼琴裡。

他覺得自己眞廉價啊，爲了九十元的點心替一隻倉鼠出生入死。

使命達成，此地不宜久留，夜晚的琴房可是校園怪談的溫床。

莫予齊腦中自動放映起恐怖片，這時，彷彿爲了呼應他內心的隱憂，異變陡生——

一隻黑貓從門外衝進來，猛地朝他手中的籠子撲去，看來是被鼠臊味吸引而來。布丁驚恐地吱吱尖叫著，莫予齊趕緊把籠子收進懷裡，一個閃身，黑貓撲空，重重落在鋼琴上，幸好琴蓋是闔上的。

黑貓不死心，繼續進攻，這次還亮出了爪子，他躲避不及，手臂被劃出四道長長的血痕，腳下更是一個不穩踢到了鋼琴腳，痛得他鬆手放開鼠籠，落地的力道震開籠門，布丁瞬間竄出。

「該死！」莫予齊暗罵一聲，與黑貓一起向前撲去。

貓捉老鼠這種畜牲之間的遊戲，爲什麼他一個高貴的靈長類也被迫參與？

他想過用飼料智取，引誘倉鼠過來，不過危急時刻，動物的求生本能絕對勝過淺薄的食慾，智取個毛，只能放手一搏了！

他先鎖定布丁的位置，並晃動手機往牆角照，企圖引開黑貓。誰知那笨貓去捉光束時一個蹬腿，竟把架上的小提琴踢落了！他趕緊狂奔而去拯救小提琴，毀損公物小過一支，但毀損音樂班的公物可是大過一支！

漂亮完成臨時支線任務，莫予齊把注意力重新放回主線，看準四處亂跑的布丁正要捉，黑貓又跳到身前，絆得他狼狽仆倒，右手為維持了平衡向前一拍，恰好拍住了一團毛茸茸。

因禍得福！他把布丁撈進籠裡，四肢並用趕在黑貓前頭衝出琴房，還不忘回頭把門帶上，以確保布丁的安全，也以便將可能的損壞樂器責任推給那隻天殺的貓。

拿回布丁的當下，顧雲曉喜笑顏開，然而隔天就橫眉豎目了。

「莫予齊！」她一早到學校便怒吼。

「幹麼？」他的好夢被這一聲河東獅吼打散，不悅地掏掏耳朵。

「你這個沒良心的傢伙，對我有不滿衝著我來就好，為什麼要對布丁下手！」

她聲嘶力竭指控，引來不少人側目。

「我對布丁下什麼手？」

「你說，你是不是給牠餵毒？不然布丁一點外傷都沒有，爲什麼突然在今天早上死掉了！」

「我昨天早上就還妳了，如果是被毒死的，藥效不會讓牠多活一天才發作好嗎？」他立即反駁，不過看到她傷心的表情，他突然覺得自己很可恥。

「那牠到底爲什麼會死……」一向好強的她眼角閃著他不曾見過的水光，令他無所適從。

莫予齊思索了下，沒有投毒沒有吃壞肚子也沒有外傷，難不成是捉住布丁的那一掌把牠給拍內傷了？

好吧，極有可能。

他一臉複雜看著顧雲曉，她顯然很喜歡那隻小老鼠，因此權衡之下，他還是決定說出實情。儘管她會更加怪罪，但他不屑什麼善意的欺騙。

從小到大，他們雖然處處作對，終歸也只是鑽鑽彼此話裡的漏洞，還不曾眞正爾虞我詐過。

「討厭鬼，你到底有沒有討人厭的極限啊！」得知原因，她悲憤地一拳砸在他胸口。

他悶哼一聲，沒有反駁沒有還手，只是抬手放上她的髮頂，彆扭僵硬地輕拍安慰。

「別哭了，對不起。」

他不著痕跡藏起手上的傷痕，沒讓她發現。

在那之後，莫予齊變得很反常，反常地對顧雲曉很好。

最明顯的改變就是嘴巴收斂了許多，加上這秋末冬初、陰晴無常的天氣讓顧雲曉感冒了，於是他更是「殷勤侍候」。

「起風了。」

掃地時間，莫予齊見顧雲曉在迎風的陽臺那裡打掃，一陣寒風颳過，衣著單薄的她明顯縮了縮，他便走到她的座位旁拿了掛在椅背上的外套，給她披上。

「咦？」

正奮力刷著陽臺水槽的顧雲曉吸了下鼻涕，肩頭背上驀然一暖，她轉頭一瞧，高大的身影占據眼簾，和她挨得極近。

她腦中只有一個想法，討厭鬼吃錯藥？否則怎麼可能只因爲她病了就這麼好心？

皺眉打量他一會，顧雲曉沒表示什麼，繼續工作。

莫予齊抬手敲了敲她的頭，她痛呼：「你幹麼？」

「不客氣。」他的臉上有一絲不易看出的羞赧，直勾勾盯著她一陣，顧雲曉也傻傻回盯，他忍不住沒好氣道：「病人連腦子也壞了，禮貌呢？」

「我看你腦子才進水吧？」她一臉看見怪胎的神情，「欸，討厭鬼你老實說，你是不是喜歡上我了啊？」

他們的相處模式一直是彼此找碴和鬥嘴，他突然對她這麼好，她覺得這個推測很合理。

噢，不對，也有可能是因爲上回布丁事件的愧疚感才這樣。可是那傢伙知道愧疚是什麼嗎？顧雲曉眼珠子一轉，癟了嘴。

莫予齊一滯，一抹慌張與小小欣喜閃過眼底。他希望她能察覺他隱晦的心意，又害怕她知道了卻不予回應，再加上那個……

「我本來就不討厭妳。」他折衷道。

近乎待在他懷裡的顧雲曉一臉不可思議，臉頰飛上淡淡紅暈：「屁啦，你說你不討厭我？你竟然不討厭我！」

「叫我討厭鬼的一直都是妳，我可沒這麼叫過妳吧。」

「對，你都叫我八婆。」她翻了個白眼，「喂，你最近超級怪的，是不是想從我身上圖什麼好處？」

「妳身上有什麼可圖的？」他扶額。

他不過是因爲看她被安陽公主做掉後，果眞好幾天沒上線，加上布丁的死又讓她傷心了好一陣，所以想在現實裡補償她一下。怎麼再良善的用意，只要搭上莫予齊這個名字就變成不懷好意？

他唯一想圖的，大概只有她的心了吧。

「可多了，是你不懂欣賞。」她哼哼，「話說你剛剛、剛剛……那個『不討厭我』，是不是隱含喜歡我的意思啊？你在告白？」

「妳啊，少女漫畫還是少看，誰跟妳說不討厭就是喜歡？」他口是心非，不想輕易表明心意嚇走她，但仍壞笑著試探：「還是說，妳一直在等我的告白？」

她頰上的兩朵紅雲更豔了，說話也結巴起來：「鬼、鬼才在等，我巴不得你、你滾遠點！」

她越無措，他的心情就越好。

莫予齊揉亂她的瀏海，語氣帶著小小寵溺：「放心，我不討厭妳，正如錢錢在我的床上尿尿，我也不會討厭牠一樣。」

錢錢是莫予齊家養的拉不拉多犬。顧雲曉頓時氣結，他居然把她跟一隻狗相提並論！

「莫予齊，我好討厭你！」

他拉著她回到座位，從書包裡拿出一個紙盒。

「好好好，妳討厭我，但我知道妳一定不會因爲討厭我就討厭牠。」他臉上的笑意轉爲溫和，讓顧雲曉覺得無比驚悚。盒子裡不會是蟑螂啊蟬啊螳螂一類的妖魔鬼怪吧？

她將盒子拿得遠遠的，戰戰兢兢打開，瞇著眼往裡面瞧。

一隻倉鼠在角落安詳睡著，長得跟當天使去了的布丁十分相似。

她抬頭望著莫予齊，知道這傢伙是眞的有心。

「幫牠取個名字吧，不要再叫布丁還是果凍什麼的，這種衰名沒有我肯定會被貓吃掉。」見她微微動容，他倒是敢邀功了。

「我早就已經想好了。」她拿食指調皮戳醒盒子裡的懶東西，惹得牠不滿地吱吱叫，還瞇著睡眼，「就叫討厭鬼好了。」

莫予齊一噎，額上青筋跳了跳，催眠自己看在這女人剛死了愛寵的分上，不要跟她計較。

他很快淡定下來，「這名字眞好，預言了妳會變成鼠奴，就像妳永遠翻不出我的手掌心。」

✽

三天後便是《東宮》的太子終選，對天命唯你公會來說，這麼重大的日子怎能不全員到齊？所以拂曉再怎麼無顏見祈雨默然，也還是硬著頭皮上線了。

希望王爺沒有因爲當了男寵就失去競逐太子之位的資格……她在心裡默默祈禱。

直到看到站在正堂前的祈雨默然，她懸著的一顆心才總算踏實下來。

王爺沒有遭到安陽公主的毒手，太好了！

而且感覺是特地在等她。

「王爺！」她朝他用力揮手，就像見到久別的老友般欣喜。

他也很欣喜，雖然現實中的莫予齊跟顧雲曉還存在著距離，至少，遊戲裡的他和她是親密的夥伴。

如果能不只是夥伴，該有多好？

「拂曉！」他滿臉漾著笑意，忍住上前擁抱她的衝動，滿腔柔情到嘴邊只化爲一句：「別來無恙？」

「無恙。」她站到他身邊，仰起容光煥發的小臉。「王爺呢？」

「我也無恙。」他笑，氣氛溫馨得讓他想吻她。

拂曉問了安陽公主事件的後續，他一五一十敘述，只略過公主的那句話。

「公子對姑娘一心一意。」

他不想讓兩人好不容易拉近的關係被冰凍。

待他們踏進正堂，眾人早已圍著桃木桌在等待了。

「聊得挺久。」嘆塵平淡道，眼神沉靜，但拂曉還是感受得到學長似乎心情不美。「學妹，坐這。」他拍拍身邊的椅子。

「喔。」程子勳在遊戲裡不是喚她拂曉，就是叫她娘子，這回卻用「學妹」，看來他大姨媽來。拂曉沒多說一句，只是面色尷尬乖乖坐到他旁邊。

噢，冷氣團眞的好冷。

「學妹？」許久沒出現的夕顏一臉驚奇，「阿嘆，你們現實中認識啊？」

「嗯，同校。」他簡單答。

「哇，不單純！」夕顏驚呼，「學長學妹欸，網戀發展到現實的標準組合，好浪漫！」

「夕顏姊，妳說什麼啦！我們才沒有……」拂曉面有窘色，偷偷瞄了眼祈雨默然，只希望他不要誤會。

等等，她爲什麼要在乎他會不會誤會？

嘆塵沒有回應夕顏的話，周遭冷氣團的溫度卻明顯沒有那麼低了。

呿，嘆塵和拂曉只是同校，他和她還同班呢！祈雨默然在心裡暗啐，拉開椅子在故傾城身邊落座，馬上接到嘆塵略帶挑釁的目光。

「聊完了就來談正事。」故傾城清冷的聲音阻斷暗潮洶湧，女神今天情緒似乎也不怎麼好。她拿出兩個繡金荷包，一個給祈雨默然，一個給嘆塵，「這是系統發送到公會來的，太子終選需要用到的活動物品。」

祈雨默然拆開，取出裡頭的東西。

是皇宮的通行令。

「看來這次的任務地點在宮裡。」故傾城眉一顰，「這對我們很不利，那裡是宮笑華的地盤，不知道他會怎麼對付你們。」

「在任務裡，不是位高權重就能耍詐吧？」嘆塵諷道。

拂曉一凜，聽出他的話明著說宮笑華，事實上卻是暗諷祈雨默然。

鶴王爺無所謂地笑笑。

「總之，我知道你們最近處不好，但團結才能禦敵，面對宮笑華，你們無論如何都不能分散。」故傾城嚴正叮囑。

「是的，老大！」祈雨默然誇張地敬了個禮，拂曉被逗笑了。

「你才是老大，要是能正經點，我就不用爲你們操心了！」故傾城無奈，忽然又想起什麼，「啊，對了。」她從袖中摸出第三個荷包，「系統也發了一個給拂曉。」

「我？」拂曉驚訝，「女性不是不能參加太子選拔嗎？系統是不是發錯了？」

「我向官方反應了，對方還沒有回應。」故傾城一臉羨慕，「眞好，有荷包就等於擁有終選資格，拂曉，妳若是不要就送我吧？」她還在做成爲一代女帝的夢。

「嗯……反正我去也是當砲灰。」拂曉搔頭。

「我太愛妳了！」會長女神笑逐顏開，歡天喜地將荷包收入包中。

【系統】該物品已綁定，不得贈送。

【系統】該物品已綁定，不得贈送。

【系統】該物品已綁定，不得贈送。

然而故傾城反覆試了好幾次，結果都是這般，只得失落地把荷包還給拂曉：「被綁定了，不能轉讓。」

「眞是怪了，我根本沒有報名參加太子選拔啊。」拂曉接過，倒出荷包裡的東西。

也是一塊令牌，不過是玉製的，上頭刻著文字，眾人湊近圍觀。

詭異的是，令牌上的文字竟沒人看得懂——除了拂曉和兩位太子候選人。

「鬼畫符？」花不落說。

「甲骨文？大隻佬，你大學研究這個，你來解讀吧。」風吹ＪＪ好涼爽向風靜止道。

「看不懂。」風靜止睨了一會，搖搖頭。

「有誰知道這寫的是什麼嗎？」故傾城詢問。

拂曉三人凝重注視著玉牌，同時開口——

「得天女者，得天下！」

老天，這是在演哪齣？

「噢噢噢噢噢——」夕顏頓時熱血沸騰，兩眼冒心，「我都不知道《東宮》居然也有蘭陵王！不過這不是太子選拔嗎？蘭陵王要當太子了？啊——我腦補了好久，終於啊！」她語無倫次，興奮得只差沒在地上打滾。

「拂曉，妳的ID要不要乾脆改成楊雪舞？」嘆塵也打趣道。

「你怎麼知道天女楊雪舞？」祈雨默然饒富興味地問。

嘆塵略顯不自在：「呃，我無聊的時候有追過一點點劇……」

「噢噢噢噢——」夕顏聞言再度亢奮，原來追劇這條路不只是百花（痴）齊放，還有男性同好！

祈雨默然哈哈大笑，拍拍嘆塵的肩：「不要緊，我還陪我媽看完全部！」

看著面前的《蘭陵王》腦粉群，拂曉很傻眼，故傾城更是瀕臨爆發。

夕顏愛看就算了，這兩個幼稚的男人跟著湊什麼熱鬧？

女神正要破口大罵，郵件提示音恰好響起，是GM的回信，她點開閱讀。

「各位。」故傾城提高音量喚回大家的注意力，亮亮手中的信件：「官方表示荷包沒有發錯人，的確是給拂曉的，她是系統隨機選定的天女，將強制參與終選任務。」

全場鴉雀無聲，拂曉眨眨眼，心底暗暗叫苦，覺得自己似乎有大麻煩了。

既然是隨機選定，爲什麼百萬玩家裡偏偏挑中她！

「那個……不參加會怎麼樣？」她囁嚅道。

「天女不到，終選便無法進行。」故傾城說，「意即明早八點，妳務必要在線。拂曉應該可以吧？明天是假日。」

「可以是可以……」可願不願意又是另一回事啊！這遊戲好像就是一心一意要坑死她！

但是看著自家會長的神情，公會上下又如此看重這次終選，她好像沒有選擇的餘地。

嘆塵與祈雨默然忽然正經起來，對看一眼，心照不宣。

「雖然現在遊戲裡是早晨，不過實際時間已經晚上九點了。拂曉，妳早點下線，為明天養精蓄銳。」嘆塵順了順她的髮，溫和道。

拂曉看向祈雨默然，似乎想徵詢他的看法。嘆塵在心底冷笑，明明是他這個夫君先發話，她卻像在詢問老大是否同意放人。

「嘆塵說的對。」祈雨默然難得幫著勸說，「終選任務想必很耗費心力，妳好好休息吧，晚安。」

他注視她的眼神很柔，拂曉心底像是有暖流淌過。

如果每晚都能聽見他對她說晚安，她一定夜夜好夢。

「那，好吧。」她抓起身旁嘆塵的手，又上前拉過祈雨默然，將他們三人的手交疊在一起，深吸一口氣：「終於，我也能和你們並肩作戰了！」

兩個大男人原本還很抗拒觸碰對方的手，但看見拂曉眼底流轉的光采，雙方不約而同達成了共識。

沒錯，他們是天命唯你的兩尊大神，砲口應該一致對外，敵人可是堂堂監國宮笑華，他們的宿敵！

然而，其他擁有終選資格的六人，亦是不容小覷……

✻

宮裡的報時鐘敲下，《東宮》裡最強大的九人齊聚。

祈雨默然和嘆塵怎殤、宮笑華及左丞浮生殘分屬兩派，兩派之外的則是綿綿思遠道、祝蘭公子、郎豔獨絕、星殞與軒轅天下，加上一夕成爲天女的無悠拂曉，十個人站在皇城中央，衣袂翻飛，氣場之強令周遭的小玩家只敢隔岸觀虎鬥。

他們也只能看十頭老虎以眼神鬥心機了，當候選者眞正進入副本後，便會隔絕外界的一切。

身著華袍的GM從天而降，向在場眾人詳細解說任務。

任務名爲「太子的信物」，所謂的信物有七件，官方已將相關資訊提供給九人，任務內容就是要在被封鎖的皇城中找到這七件信物，信物可能藏於任何地點，也可能隨著人或物移動。

此任務涵蓋範圍極廣，又容易觸發隱藏事件，難度相對較高，程式部傷腦筋了整整一個禮拜，才想到這種刁難人的花招。太簡單豈不是三兩下就會被這群神人給破解？

集齊七件信物者將獲封爲太子，而玩家間可互相掠奪，當信物集中在某兩人手中時，系統將自動淘汰其餘玩家，讓兩人進入最後的決戰副本；而在一較高下前，還要先有能力對抗號稱《東宮》世界最強大的新設BOSS，戰況必定精彩。

聽了這麼多，拂曉還沒聽到究竟抓她來當天女幹麼。回答完九位玩家的問題後，GM才轉向她發話。

「得天女者得天下。」華袍GM複誦玉牌上所刻的文字，用密語向她解說：「顧名思義，天女也如信物一般，將會是玩家爭奪的目標，也是拿下江山的關鍵。進入副本後，妳的外貌會隨機變成副本內的人物，天女將知道所有信物的藏匿地點，但不可向玩家直接表露身分，須讓玩家自行察覺。是否明白了？」

拂曉點選了是。

【系統】信物資訊正在嵌入玩家記憶中……

【系統】信物資訊嵌入完畢。

拂曉腦中接連掠過一幕幕明明沒見過，卻忽然感到熟悉的畫面。那是系統強制輸入的記憶，她的腦袋有點脹，七件信物的外觀在腦海裡逐漸清晰，拂曉的臉上閃過一絲異色。

GM並未發現，向她一頷首，確定一切妥當後，就將他們送入副本，並在傳送過程中將十人打散。

拂曉方才神情出現異樣，是因爲那七件信物之中，居然有兩件似曾相識，分別是嘆塵在她新手時期拿到的獸形玉珮，和她送給祈雨默然的琴穗碧璽。

從資訊裡顯示的外觀、質感，以及玉體散發的淡淡幽光來看，拂曉能肯定沒錯，她不會誤認。

爲什麼他們會在終選開始前就拿到兩件信物？不，早在皇帝駕崩、太子選拔前，所有劇情都還未展開時，他們就拿到了。

拂曉完全猜不透，若說這是BUG，那也太誇張了，扉華是有名的公司，所開發的網遊更是市場上的主流，可謂專業中的專業，怎麼可能出這麼大的紕漏？

況且，終選任務不是最近一個禮拜才開發完畢的嗎？

沒有一個說法解釋得通這弔詭的情況。

難道，連在秉持公平公正公開原則、一切都需玩家自行爭取的遊戲裡，還是存在著命中注定？

爲什麼他們會擁有這兩件信物？嘆塵與祈雨默然分別拿著玉珮與碧璽，疑惑對看一眼，腦海裡關於類麒麟玉珮與太子刻印的資訊均顯示「該物品已尋獲」。

這樣似乎勝之不武，但他倆不太在乎。畢竟這算是搶了先機，誰不想好好把握？

雖然GM在傳送時打散了所有人，他們依然奇異地同時降落在皇宮內的御膳房前，彼此之間似乎有種連系統也斬斷不了的羈絆。

那麼，拂曉也在這附近嗎？

「你有沒有聞到什麼味道？」祈雨默然出聲。

「蔥油餅的味道？」嘆塵嗅了嗅，空氣裡的確瀰漫著油酥香，「從御膳房裡飄出來的。」

「我餓了。」

為了趕上終選，祈雨默然沒吃早餐就上線了。遊戲裡的食物不過是一堆數據，吃了不會產生飽足感，但色香味俱全，去解解饞過乾癮也好。於是，他轉身走向膳房門口。

「等等！」嘆塵阻攔，「老大，你不覺得可能有陷阱？大半夜又空無一人的膳房裡，怎麼會有剛起鍋的蔥油餅？」

「這個任務本就充滿隱藏事件，想要安然無恙，那便不要行動；想要早點解完，那勢必要勇於跳坑。」這是祈雨默然長久以來走跳江湖的心得，他鼓勵嘆塵：「反正我們手上比別人多一分籌碼，你怕什麼呢？」

「多一分籌碼是贏在起跑點沒錯，但更應該謹慎。」嘆塵反過來告誡祈雨默然，卻也跟著踏進膳房。

子時三刻的御膳房漆黑一片，不過光是循著香氣，祈雨默然也能精準找到盛裝著蔥油餅的玉盤。嘆塵心想，老大上輩子根本是狗吧？可惜他不是，沒有那麼靈敏的嗅覺，只好跟在後頭把沿途的油燈都給點亮。

「嘆塵，你嚐嚐，這蔥油餅超好吃的，不愧是宮裡的東西！」祈雨默然餓昏頭了，直接把整盤蔥油餅掃空，只撕下邊邊留給嘆塵「嚐嚐」。

嘆塵看著老大特地忍著饞給他留的餅皮，嘴角抽搐：「不用了老大，您慢慢享用，沒人會跟你搶。」

「不識貨。」祈雨默然樂得一口吞下。

嘆塵長長吁了口氣，自從遇見拂曉後，他們家老大心智年齡簡直倒退三十歲，他真懷念那個冰冷寡言的鶴王爺啊！

不知道是誰說過，男人碰上愛情就會變得幼稚，拿祈雨默然和自己一比，嘆塵不禁心慌。

這樣是不是代表，老大喜歡拂曉的程度更甚於他？

喀。

「唔。」祈雨默然咀嚼著，忽然咬到了什麼硬物，皺著眉吐出一看，是枚金戒。「嘆塵，要不要寫信跟GM反應，我們今天人品異常？」

他手裡的金戒正是其中一件太子信物，七龍金紋戒。才進入副本十分鐘，七件裡就有三件到手，這人品實在太誇張了。

嘆塵拿過戒指瞧著，上頭的龍紋刻得極爲精細，一條龍也不馬虎，令人不禁佩服美術團隊的強大。不過這等好寶貝上面卻沾著老大的口水，還殘留淡淡蔥味，噁……

不待他嫌棄完，一隻素手便伸來，一把搶走了戒指。

「老大，你幹——」嘆塵一抬頭，卻見那搶匪不是祈雨默然，而是一名蒙著面紗的黑衣女子。

「大膽賊人，大半夜潛進御膳房偷吃太后的宵夜，還膽敢竊取先帝的遺物！」女子喝斥完，從窗口一躍而出，卻不慎踢翻了盞油燈，火苗從方才盛裝蔥油餅的盤裡竄起。

「什麼？那是太子的信——」嘆塵還沒喊完，就被祈雨默然從後方推了一下，他指指越燃越烈的火苗：「看來有人做賊喊捉賊了，此地不宜久留，我們先追上那女人！」

嘆塵取出法杖，馭杖而飛，祈雨默然則撥弄琴弦彈奏〈騰雲馭天曲〉，兩人瞬間離地升空，朝行動敏捷的黑衣女賊直追。

一邊飛行，祈雨默然一邊想，這終選副本眞多隱藏事件，就連吃個蔥油餅也會觸發！

而黑衣女子藏在面紗下的表情相當得意，這具身軀的原主人是個輕功練家子，能借來一用，著實方便許多。

她老早就發現他們在御膳房裡偷偷摸摸了，像他們兩個那樣感官如此敏銳的人，居然沒發現她就在不遠之處？

那好，反正她也不能老處於被動，就讓她來驗收自己的操作技術吧，順便試試這具身體的能耐。目前看來還不錯，雙管齊下，果然引得這兩個男人上勾。

她就是要證明，她不只能靠皮囊誘得大神，憑實力也是做得到的！

Chapter 06　皇儲之爭

黑衣女子的速度很快，但祈雨默然和嘆塵大神級的靈敏度加成更高，雙方間的距離逐漸縮短。夜風呼嘯，帶來幾分寒冷，他們全神鎖定前方的暗色身影，沒有多餘的心思去感受刺骨寒風。

才追了兩三分鐘，女子就在宮殿屋頂上被逮個正著。

「哎喲！」

「女賊，認栽了吧？」

兩個身姿挺拔、道貌岸然的大男人捉拿一個小女子，畫風完全是沒道德沒風度非君子很小人，不過反正這女子只是隨機事件的NPC，紳士人性什麼的，不重要。

「嘆塵，搜身！」把女子摺倒在屋頂上，祈雨默然一聲令下。

嘆塵領命，冷著臉靠近黑衣女，正準備出手，只見黑衣女鄙夷瞪著他：「登徒子，好歹說聲『姑娘冒犯了』再動手吧？」

這嘆塵怎殤還是跟初識時一樣，一點長進也沒有！

「呃？」嘆塵微愣，女人奚落他的語氣跟某人有點像，「咳……姑娘冒犯了。」補上這句後，他的「魔爪」才慢吞吞再度伸出。

「還不快給本王搜出信物，在磨蹭什麼！」祈雨默然不耐煩地搬出官腔，「本王看著呢，她還能把金戒藏哪？」

「搜！搜你媽搜！」女子轉而朝他大罵：「臭王爺，你什麼時候也和他一樣色慾薰心了？」

「王爺？」祈雨默然捕捉到關鍵字，倏然領悟，蹲下身扣住她的下頷，眼裡閃著狡黠光芒，霸氣盯住她：「女人，妳怎麼知道我是鶴王爺？」

女子望著眼前邪魅俊逸的男人，下巴被他緊捏著抬高，心跳亂了幾拍。

要是他平常多這麼對待她幾回，她不敢保證自己不會淪陷。天啊，她發現自己似乎有輕微M傾向……

嘆塵聞言也醒悟過來。

果然，他的感覺沒有錯。

「說啊，妳是怎麼得知我的身分？只不過是事件裡的小小NPC，莫非還逃出副本偷偷follow本王很久了？」祈雨默然笑容逐漸綻開，那壞壞的語調直戳她心底柔軟的地方，像是要攻城略地，「愛慕本王也不應該當變態跟蹤狂哦。」

「你都認出是我了，還故意這麼鬧。」她沒好氣地翻了個白眼，「你真的很幼稚很討厭！」

她氣呼呼說著，但只有她自己知道，此刻她的心跳有多不安分。

「妳是拂曉。」祈雨默然眼底流露出明朗的笑意，唇角勾著弧度，揭下遮掩她容顏的面紗。雖然見到的不是拂曉原來的模樣，不過一確定這個身體裡住著她，他便覺得這張陌生臉孔順眼了。「找到妳了。」

她的鼻頭忽然湧起一陣酸意。

他們三人不過才分開二十多分鐘，爲什麼她卻有種不亞於久別重逢的感動？

月光灑落，祈雨默然的身影籠罩著她，她伸手拉過嘆塵，讓他們三人的影子重疊：「恭喜玩家祈雨默然與玩家嘆塵怎殤尋獲天女。」她學著NPC的口吻笑盈盈道。

「我只捉到拂曉，一隻。」嘆塵對她展露許久不見的笑顏，那是她所想念的。

「我捉到蘿蔔，兩根。」祈雨默然戳戳她的小腿，像個調皮的孩子。

「你說什麼渾話！」她明明沒有蘿蔔腿好嗎！

「咦？那這一大團是什麼？」祈雨默然誇張地捏了把她的小腿肚，馬上招來鐵砂掌一記。

嘆塵凝視著拂曉，長指摩挲著她的髮絲，眸光悄悄深沉，無人發覺。

副本裡的時間流速是現實中的六倍，現下遊戲裡雖已經天亮，實際上只過了兩小時不到。

✻

「才剛進副本沒多久，你們就把人家的場景給燒了，這樣對嗎？」

「不知道是誰搶戒指時踢翻了油燈？」祈雨默然挑挑眉，拂曉立刻噤聲。他無視嘆塵，刻意湊近她，以曖昧的氣音說：「哎，不就枚戒指，搶那麼急做什麼？妳如果要，我可以給妳一百個、一千個……」

「老大。」嘆塵喚，神色古怪，「請自重。」

「嘖嘖，好酸喔。」某王爺不情願地直起身子。

拂曉瞧了一眼春風得意的祈雨默然，和越來越陰晴不定的嘆塵，心中的感受十分微妙，跟著兩人一下飛揚一下沉悶，但愉快的時候還是比較多的。

心裡的天平開始傾斜了，只是她自己還沒有察覺。

「拂曉，妳這天女自己找上我們，算不算違反副本規則啊？還是明顯偏袒。」

嘆塵趁著祈雨默然與拂曉之間的短暫沉默插話，存心搏個存在感。

「什麼偏袒啊？我只不過是歸隊而已，不幫你們難道幫宮笑華嗎？既然GM沒跑來抓我，應該不算吧，畢竟我沒有洩漏身分，只能算你們認出我嘍。」她慧黠一笑，眼裡閃著精光。

哼哼，這才對嘛，身為忠實玩家不能老被系統坑，偶爾也該鑽鑽系統漏洞！

「看不出來妳這小妮子還挺有心機的。」嘆塵搖頭微笑，拂曉得意地用鼻孔噴氣。

「那所謂『得天女者得天下』，是不是代表我們就算遊手好閒也能進入最終副本？」不甘拂曉注意力被搶走的祈雨默然發問，成功抓回女孩的目光。

「王爺你真的很懶耶，信物還是要找的啦，天女只是輔助玩家的角色，系統把所有信物的確切座標都給了天女。」她眼底精光再現，這回帶著絲調皮：「不過，只要我不說出東西在哪，就算得到天女又如何？你們還不是沒輒！」

「小叛徒。」祈雨默然雙眼危險一瞇，修長的手指刮過那比拂曉原本臉孔稍塌的鼻尖，嗓音微微發啞，「妳以為，我沒有辦法逼妳說出來嗎？」

他驀地湊近，薄唇對準了她的小嘴，低沉的聲線讓她近乎微醺：「看妳是要乖乖開口呢，還是讓我乾脆封住妳的唇，讓妳沒機會和別人私通？」

「你……唔！不要過來！」溫熱的唇瓣才輕輕擦過，拂曉就像觸了電一般立即彈開。這是她的初吻，怎麼可以這麼隨便就交出去？

「祈雨默然，你大色狼！」即使她並不討厭被這樣碰觸，也不能夠如此輕易失守！

「喲，這是妳第一次喊我的ID呢。也好，以後就別王爺來王爺去的，喊得人心悶。」祈雨默然溫柔地替拂曉抹去唇上的餘溫，沒有給她回味的機會。

她的心頭一瞬居然冒出「可惜」兩字。

兩人自顧自放著閃光，再度被無視的嘆塵這次反而靜靜旁觀，冷眼看著。

小不忍則亂大謀，他又何必去爭這小出頭？

一矢中的、一舉拿下才是他嘆塵怎殤的作風。

「那個……當前位置離、離我們最近的信物是『東宮金冊』，藏於昭華太后宮裡……」不敵某人淫威的可憐天女只好如實招來，好讓那要命的薄唇離遠一點。

薄唇，象徵薄情。

祈雨默然會是這樣的人嗎？也許在遊戲裡說喜歡她，遊戲外卻早已心有所屬？

拂曉心頭一緊，淡淡的酸澀感悄悄蔓延。難不成她已經淪陷了？

不，她只是不甘屬於自己的愛慕者轉身又去愛別人！

也許她該積極一點提高女性魅力值了。

就在此時，三人腦內的資訊更新，信物「鳳鳴焦尾琴」與「玉東冠」皆已被尋獲，為避免當事人被鎖定追殺，資料上沒有顯示尋獲者的ID。

天命唯你三人還在相見歡，其他七人指不定早已如火如荼殺成一片。

「看來雖然我們得天獨厚，其他人也趕上進度了。」祈雨默然道，「尚未被尋獲的信物只剩兩件，我手上握有琴穗碧璽和七龍金紋戒，嘆塵有類麒麟玉珮，又假設鳳鳴焦尾琴和玉束冠都在世人笑痴手裡，相較之下我們並不有利多少。」

「那快點出發吧。」嘆塵手上只有一件信物，雖然天命唯你略占上風，他和老大相比卻仍屬弱勢。

兩個猴急的男人分別使出飛行技能，準備朝太后宮殿前進。

「等等！」拂曉喊住一躍升空的兩人，「昭華太后的宮殿有特殊進入條件，不是說去就能去的！」

「條件？」祈雨默然率先降落，「什麼樣的條件？」

「要有昭華太后的令牌才可通行，令牌能透過隱藏事件獲得，一旦有玩家觸發該事件，其他玩家便不得再觸發。」

「是哪個場景的隱藏事件？」嘆塵問道。

「這……我就不知道了，隱藏事件的資訊並不在天女所知的範圍內。」拂曉聳聳肩，「反正你們人品特異，就四處碰碰運氣吧。」

要在整座皇宮、數以百計的隱藏事件裡觸發特定事件，這機率……嘆塵只覺得頭皮一麻，「我們能不能先找別件信物？」

「東宮金冊已是第六件信物了，你們也知道第七件『先帝的傳位遺詔』是最終信物，勢必得最後再找出，所以我們別無選擇。」拂曉的回應讓嘆塵的鬥志全滅。隱藏事件一旦觸發便不得放棄，換言之，他們是要有多少運氣和體力，才能一路過關斬將，撐到取得令牌的那時？

況且九位玩家都在努力觸發事件，他們成功的機率又硬生生少了九分之七。

「老天。」嘆塵揉著發疼的太陽穴。絕望之際，祈雨默然將某個東西塞入他的手心，拂曉眼尖瞄到，興奮叫了一聲：「你怎麼會有這個？」

嘆塵拿起那東西一看，上頭刻著令人振奮的文字：「昭華太后的令牌？」

祈雨默然點點頭，微微一笑：「安陽公主給我的，我還覺得奇怪呢，把過期的任務物品給我能做啥？沒想到眞的派上用場。」他和拂曉都知道安陽的底細，所以他相信安陽是特意要幫助他，但拂曉卻不然。

難道因爲她，祈雨默然眞和安陽暗通款曲了？否則像安陽那樣心高氣傲的女人，又怎會願意幫助一個心不在自己身上的男人？

拂曉突然覺得心裡難受，卻必須逼自己理性看待。即使不情願不稀罕，爲了信物，那塊令牌也不得不用。

她討厭這種好像安陽比她更能幫得上祈雨默然的感覺，她小肚雞腸，就算安陽公主只是一組數據她也吃味，何況她還是眞人NPC。

「不過，之前於副本外得到的物品，在這裡還能用嗎？」嘆塵沉吟，「若能用，那這個副本裡豈不等於有兩道昭華太后的令牌？這樣系統和玩家都會打架吧？」

「遊戲處處有BUG，有時系統不見得玩得贏我們這些玩家。」大神不愧爲大神，都能把眞人NPC拐得胳膊往外彎了，現在面對的不過是制式的副本，祈雨默然相當有自信，「想知道能不能用，去試試看不就得了？」

「說的也是。」雖然搞不懂老大爲什麼要將機會奉送，嘆塵還是握緊手中的令牌，這是他後來居上的機會。

他不相信老大會沒有發覺到他哪怕只有一絲的異心，爲何還願意這麼信任他？祈雨默然明明就是比他更深沉難解的人。

「拂曉，走嘍。」祈雨默然轉過身，原本站在他後方的她，不知何時已悄然退開，還發著愣，很是可愛。

「拂曉？」他的聲音不覺柔軟下來。

「嗯？」她帶著些微鼻音軟糯輕應，像隻垂耳的小貓，聽得他幾乎酥了骨頭，下意識大步走到她身邊，情不自禁牽起了她的手。

軟軟的、小小的、細細的，跟他現實中有意無意碰到的觸感如出一轍。

拂曉終於被掌心傳來的溫暖喚回神，一顆心直跳，反射性就要抽回手，他卻不讓她如願。

「妳乖乖抓著我，我帶妳飛。」

「好，那你不可以被安陽公主抓住。」拂曉脫口而出，語畢腦袋當機了三秒，這才反應過來自己在說什麼，「欸欸欸，不對——」

吼，她這樣不就擺明了自己在……吃醋嗎？

這下跳到黃河也洗不清了。

「好。」祈雨默然眼底的笑意暖得簡直要融化她，他一口答應，拒絕聽拂曉的辯解。

沉浸在此刻恬靜的氛圍裡，祈雨默然餘光瞥見嘆塵冷若冰霜的臉色。

祈雨默然明白，他們遲早會走到那一步。爲了使那一刻能夠來得更堂堂正正，他才把太后令交給了嘆塵。至少最後，嘆塵應該有權站在平等的基礎上，跟他這個「老大」一較高下。

兄弟如手足，女人如衣服，在他與嘆塵身上終究無法印證。那他寧可放肆地去追逐、去奪取女孩的目光，不再顧忌。

三人持著太后之令，還費了一番唇舌向慈壽宮侍衛好說歹說，才終於被放行。走沒五十公尺，卻被太后的貼身宮女葉姑姑給叫住。

「咦，你不是鶴王爺祈兒嗎？」祈雨默然的官職屬於皇親國戚，葉姑姑自然識得，在稱呼上也顯得親近些。

「正是小王。葉姑姑，好久不見了啊。」祈雨默然一揖。

「哎，對老身行禮做什麼呢，快快請起。不只老身想著王爺，太后也很掛念王爺啊，王爺自從分發到封地湘郡後，就沒回來過了哪。」葉姑姑畢竟是NPC，對話內容也很制式。事實上，祈雨默然在入主封地前根本不常在這慈壽宮走動，哪可能讓這些老NPC掛念？

「勞煩葉姑姑掛心了，瞧您白髮又多了，小王好生心疼。」祈雨默然就是擅長文謅謅地與NPC客套，他萬般柔情地順了順葉姑姑的鬢髮，一副孝順的模樣，那葉姑姑笑得老臉上皺紋更顯。「有勞姑姑知會太后一聲，小王來訪過。」

「還是你這孩子貼心，曉得太后正在午睡，不喜被人打擾。」她欣慰地拍拍他的手。

嘆塵在旁抱胸而立，不發一語，拂曉的耐性則是瀕臨崩潰。這對僞祖孫倆能不能進屋再閒話？還有，她雖然喜歡古裝劇，但她並不想看一個翩翩美男和老女人對親情戲啊！

祈雨默然接收到拂曉的臭臉，也不再廢話，直接切入此行重點：「好姑姑啊，祈兒此來是爲了尋找太子的東宮金冊，敢問姑姑可知曉在何處？」

「東宮金冊嗎？你來晚了，亙兒那孩子已經取走了。」

「被取走了？」

「是啊，老身也很納悶，爲何亙兒與你手上都持有太后的令牌？太后只有賜與亙兒，怎麼祈兒你也有呢？」葉姑姑不愧是得太后信任四十年的精明人，若有所思打量著祈雨默然。

「小王是借安陽公主的一用，稍後便會歸還。」他解釋。

「公主也是個糊塗的，借予王爺還罷，下次若所借非人可不好嘍，祈兒，你代太后提點她一下。」

祈雨默然感覺葉姑姑有言外之意，卻不打算細思。果然離這皇宮遠了，就是有皇親國戚的身分也鞭長莫及，皇宮裡的人心全往實際掌權者靠攏。

「是。」他頷首，葉姑姑見祈雨默然沒有後話，便先告退了。

「那個，亙兒是什麼人啊？」拂曉問。

「就是宮笑華，他字羽亙，是太后的義姪，才會在年輕的先帝體衰時擔任監國。」祈雨默然回答，「當然，這是遊戲設定的說法，講白了就是他自己爭取來的，只要衝上全服第一，這背景能套用在任何人身上。」

「原來他還有這重身分啊。」

「嗯。話說太陽這麼大，妳一定曬昏了吧？」他摸摸拂曉燙人的髮頂。

「反正這身體不是我的，曬黑了也無妨。」她壞笑，兩人走回一直在原地不動的木頭人嘆塵身邊。

「交涉結果如何？」嘆塵關心，畢竟那是預定歸他的信物。

「看來宮笑華觸發了事件，先我們一步拿走金冊了。」祈雨默然說，低低補了聲：「抱歉。」

嘆塵輕笑，淡淡道：「老大抱歉什麼呢。」

三人離開慈壽宮，很快在宮殿前的頤和園目睹一場激烈的PK。他們躲進草叢，靜觀場上，是弓弦手綿綿思遠道和劍士軒轅天下在爭奪刺客郎豔獨絕手上的信物玉束冠。

這大概是全服最有看頭的物理攻擊職業PK了，舉止優雅的弓弦手不疾不徐放著遠攻，每發都像是霰彈般華麗散射；身姿輕盈、移動無蹤的刺客穿梭在兩個敵人之間，手中泛著森冷寒光的匕首一面不時對綿綿思遠道造成傷害，一面又以速度迷惑同樣擅近攻的軒轅天下，還要分神顧好玉束冠；而英姿煥發的劍士則看準敏捷刺客難得的漏洞，大劍一揮，顯然不一劍中的勢不罷休。

三人雖陷入混戰，卻不難看出郎豔獨絕是眾矢之的。

果然財不露白是不變的眞理，擁有了信物最好別太過招搖。

物攻職業的技能可說是樸實無華，但敏捷加成若有一定程度，一來一往的過招也足夠讓人目眩神迷。拂曉看得眼花，三人纏鬥十餘分鐘，逐漸耗盡體力與血條，最先陣亡的是被圍毆的郎豔獨絕。軒轅天下奪得了玉束冠，然而才得意不到三秒，就被弓弦手綿綿思遠道一箭穿心，信物拱手讓人。

在終選副本裡遭到擊殺的玩家不得復活，會被直接送出副本，即爲失敗。短短一場PK，九尊大神便被掃去了兩尊——

不，馬上又有一尊宣告滾蛋了，以迅雷不及掩耳之速。

【系統】玩家「綿綿思遠道」遭玩家「宮笑華」於非PK狀態下擊殺，將在十秒後強制傳送出副本。

「宮笑華也在附近？」躲在草叢裡的祈雨默然頓時提高警覺，長指壓在腰間三弦琴上，本欲奏出〈禦陣曲〉築起防護，但轉念一想，琴音可能會引來宮笑華的注意，因此他轉而讓嘆塵以法術拉出防護罩。

一襲繡金黑袍隨著主人的腳步飄揚，來者氣宇軒昂，衣袖一揮，塵土漫天，降低了能見度，讓那人看起來就像蒼茫天地間的一條黑龍。

「就這麼害怕本官嗎？不過才拿綿綿思遠道暖了身，都還沒對你們出手呢，防護罩就拉好了？」低沉磁性的嗓音迴盪在整片頤和園的林中，雄渾的氣息昭示了發聲者武功之高強、內力之雄厚。

宮笑華顯然早就發現了他們。祈雨默然神色凜然，全神戒備。

已經久未與監國大人打照面了，天命唯你和宮笑華的世人笑痴雖然不合，卻也一向井水不犯河水，然而如今爲了太子之位，他們是不得不爭鬥了。

宮笑華是宮鬥榜上唯一凌駕於祈雨默然之上的玩家，人家都站在眼前了，他只能暫且以守爲攻。

「先攻不一定就是勝者。」祈雨默然面具下的眸光銳利，好像能穿透那片圍著宮笑華的塵土圍幕。

「我可有說要對你們動手了？」宮笑華嗤笑，「副本裡擁有最終決戰資格的玩家尚有六人，現在把你們送出副本就沒了勁敵，那還有什麼樂趣呢？」

「所以你是先來恐嚇的嗎？」祈雨默然不怒反笑，譏道：「只有監國大人隻身到來，氣勢好像有點弱了啊。」

「浮生殘去追星殞了，我一個人很閒，就路過這兒順手拿個信物。」宮笑華慵懶道，「說恐嚇未免太貶低我的人格了，我只是想來提醒王爺，兩人決戰副本時，我要看見你。」尾音落下，塵土像龍捲風一般捲起沖天，再落定時，黑色的英偉身影已經消失了。

「老大，這戰書你是接還是不接呢？」靠著樹幹，嘆塵幽幽開口。

「都找上門來了，自然該接。」祈雨默然淡然一笑，「就當自我突破，同時也是我們天命唯你獨霸公會榜的機會，公會榜長期的雙龍局面是該了結了。」

「我很期待。」嘆塵也意味深長地勾起一抹笑，眸光裡頭是說不清道不明的情緒。

距離他的目標，越來越近了。

拂曉不是頭一回見到傳說中的「眾神之尊」監國宮笑華，但第一次在皇城中央遇見時，祈雨默然一直把她護在身後，讓她的可見範圍裡只有他的背影，現在飛沙塵土又阻隔了視線，因此她還是沒看清宮笑華的樣貌。

她確信自己不曾正式接觸過這男人，只是對方的聲音怎麼聽起來這麼耳熟……

「宮笑華的話似乎透露了什麼。」祈雨默然沉思了一會，道。

拂曉與嘆塵凝神，他繼續說下去：「浮生殘去追星殞了，表示他們知道鳳鳴焦尾琴在星殞手中。而最後的信物尚未尋獲，所以宮笑華也是在暗示我們要提防祝蘭公子。」

「爲什麼？」

「試想，祝蘭公子雖未握有信物，卻也沒有被宮笑華他們送出副本，而宮笑華是什麼人物？如果要鏟除祝蘭公子，何須借用我們的手？若不是祝蘭公子是個具威脅性的人物，他不敢動；就是對方是個不值一提的小卒，他不屑動。」祈雨默然分析著，「不過祝蘭公子自從進副本以來行蹤神祕，異常低調，他是最近排行榜上以極快速度竄起的玩家，能有這樣實力不可小覷，要是讓他拿到先帝的傳位遺詔，說不定不好對付。這場賭注我們輸不起，要押就要往最壞的情況押，不得不防。」

拂曉暗暗驚嘆於祈雨默然的深謀遠慮，果然平常再怎麼裝瘋賣傻，那都是爲尋她開心，他確實是眞正的領袖。

了解敵人才能增加自己的勝算，祈雨默然把宮笑華的心理摸徹底了，很可能宮笑華也是如此，他們才會有這樣不言而喻的默契。不過這究竟是好是壞，拂曉這顆非戰略用的腦袋就無法判斷了。

「所以，老大的意思是我們要兵分兩路，一個去追蹤祝蘭公子，一個去尋找遺詔？」

「沒錯。」

「那我去追他就好。」嘆塵道，「遺詔就交給老大，沒問題吧？」

祈雨默然隱隱有種感覺，像是一團棉花裡藏著一根刺，卻無法具體挑出是哪裡有異樣，最後還是決定順著嘆塵的提議：「那就行動吧。」

嘆塵一笑，打橫法杖馭杖飛起，在空中鎖定祝蘭公子的方位後，便逐漸從他倆的視線中遠去。

「親愛的天女。」目送嘆塵離開後，祈雨默然突然換成甜蜜蜜能膩死人的口氣，「可否請尊貴的您告訴小人第七件信物在何處呢？」

拂曉渾身抖了抖，瞟他一眼：「有話好好講，尊貴什麼的就免了吧，怪噁心的。」

「嗯，果然我們用不著客套。」

「是啊，都是夥伴嘛。」她笑，祈雨默然也笑，卻是邪笑，讓她雞皮疙瘩又不住竄起。

「那我們就用夥伴間的溝通方式。」他步步進逼，直到拂曉後退到幾乎貼在身後的樹上。他伸手抵著樹幹，寬大的月白袍袖形成兩道屏障，將她圈在自己的雙臂之間：「拂曉，帶我去找……」

祈雨默然的唇貼到她耳邊輕呵著熱氣，配上低沉磁性的嗓音，讓拂曉覺得不只心跳停止，連耳朵都要罷工了。

王八蛋，這臭男人調戲她的招數越來越高竿，也越來越大膽了！可偏偏，她的心竟不再慌亂、不再搖擺，更不感到排斥，反而好像認定了什麼一般，從此不再只受她這個主人的控制。

有一個人，悄悄分走了她對心的主導權。

「去、去就去，你先離遠一點，我才能帶你去找啊……」即使心裡眷戀，拂曉的理智還是極想躲避祈雨默然的逾越，否則不受控制的心絕對會拋棄理性倒貼上去，她不能當這麼隨便的女生。

「呵。」祈雨默然的唇輕輕擦過拂曉的額髮，放下雙手退開。儘管他好想好想，讓她只待在自己能完全保護的地方。

拂曉望著他，小嘴動了動，欲言又止。

半晌，她才面色羞窘囁嚅開口，不想承認自己有點小小頹喪：「所以你和夥伴都是這樣溝通的呀？對傾城會長、對夕顏、對曇昭儀……都是色誘？」

祈雨默然再熟悉眼前的女孩不過，她的那點小情緒他馬上了然，又換上不正經的口吻：「基本上，這招我只對嘆塵用過，不過現在專屬於妳，如何？」

老天，難道王爺是雙性戀？拂曉簡直被雷倒，卻情不自禁腦補著那畫面。

「不如何！不讓你有機會再亂講話了，我們趕快去辦正事！」她甩甩頭，纖足點地，一躍而起。

祈雨默然也撫琴飛起，一手撥弄琴弦，一手牽著她的手。此情此景，滿足了他對與她雙宿雙飛的美好幻想。

他的心房很暖，因爲他能確定，拂曉的心裡終於有他了。

「程學長，我還以爲你不要我了呢。」一道故作可憐的聲音響起，一聽就知道這人肯定是個戲精。

「我只是一直在找適當的時機過來。」正馭著法杖降落的嘆塵對率先開口的男子道，對方是名藥師，ID爲祝蘭公子。「你是怎麼敗露了行蹤？被宮笑華察覺了。」

「不好意思，但低調過頭就像刻意而爲了，反而突兀。」祝蘭公子搔搔頭，面露無辜，墨綠色的長髮隨性迤地。

「也無所謂，正因爲他提醒了祈雨默然，我才有藉口來與你會合。遺詔已經在你手上了吧？」

「是啊，只是費了點力氣才拿到。」祝蘭公子從袖中摸出一個卷軸交給嘆塵：「扉華這次將副本保全系統設置到最高等級，要駭進去眞的不簡單，不過還沒有什麼程式破解是難得倒我祝凌嵐的。我斷了信物資訊與信物本身的同步連結，所以遺詔尚未顯示被尋獲，現在交給你了，你把我送出副本後，我再侵入系統將連結修復，一切就很理所當然了。」

「凌嵐，謝謝你。該給的報酬我一分不少。」

「學長謝什麼呢，我會不惜用付費外掛衝上排行參加太子選拔，不只是爲了幫助你，更是爲了我自己。任務完成後，我再把帳號賣掉還能賺一筆，何樂不爲？」祝蘭公子眼放精光，「所以金錢方面的報酬就免了，學長不如提升我在學生會裡的地位吧，這才叫名利雙收啊。」

祝凌嵐，年僅十七卻擁有跳級就讀資格的電腦天才，是以程子勳爲首的學生會一員。

「副會長，你就代我管事吧。」嘆塵賞得很乾脆。

「謝謝學長！」祝蘭公子很欣喜，湊近嘆塵：「既然得到如此厚賞，我就再告訴學長一個大發現。這太子終選副本的設計，很像某個人的風格。」

「是我們認識的人？」

「簡直是熟得不得了的人呢。」祝蘭公子的口吻神祕兮兮，「你還記得，之前學校在資訊週舉辦過師生聯合的遊戲程式設計比賽嗎？除了我是獨立報名，還有另一人也是，而且奪得了首獎。」

嘆塵知道這件事，當時還有許多規模不小的遊戲公司慕名而來，想要搶先招攬那個只是高三生的天才工程師，蔚爲奇景。「顧翊恆？」

「沒錯。於是我又駭進扉華內部的加密員工資料庫，果然找到了顧學長的名字。」祝蘭公子一頓，「他不只是扉華的工程師而已，他的身分算是半個GM，以玩家的角色監控著整個東宮世界。」

「那他的角色是？」

「就是監國，宮笑華。這眞是不公平，自己開發的副本自己闖，當然勢在必得啊。雖然他是半個GM，有需要全程參與副本，隨時回報狀況，但他在副本內的角色數據不遜色於其他八位玩家，誰知道有沒有利用職權修改自己的資料？叫我們實力派情何以堪？雖然他操作眞的很強。」祝蘭公子碎念著，渾然忘了自己也是靠外掛取巧。

「原來這才是他長踞宮鬥榜榜首的內幕。」嘆塵並未因此忿忿不平，甚至挑起玩味的笑，「看來祈雨默然前途無光了，還只有我能救。」

「學長想怎麼做？」

「我送你出副本，你從外部侵入，削弱宮笑華的數值加成。」他吩咐，冷酷的語氣中流露出一絲興奮，「能站在最終舞台上展開決戰的，不應該是宮笑華和他，而是我和他。」

因爲，我有無論如何都想從他手上奪得的人。

✽

據拂曉所說，先帝的傳位遺詔藏於皇帝聽政的承乾大殿「萬世昌隆」牌匾後，於是，兩人自頤和園朝東北方前進。

「這簡直是抄襲雍正皇帝創立的祕密建儲方式。」拂曉吐槽，要是讓她知道是誰設計的，她就叫誰把歷史課本吃了。

還沒飛到承乾殿，他們就在空中與馭杖而來的嘆塵相遇了。

「追丟了？解決了？」祈雨默然問道。

「解決了。」嘆塵從袖中摸出遺詔，參與玩家的信物資訊同步更新，顯示所有信物均已尋獲。

祝蘭公子修復連結的時間點抓得異常精準。

【系統】副本即將進入玩家強制爭奪模式，現存玩家「祈雨默然」、玩家「嘆塵怎殤」、玩家「宮笑華」、玩家「浮生殘」、玩家「無悠拂曉」正在傳送至承乾殿……

「什麼是玩家強制爭奪模式？」傳送陣打開前，拂曉送出這句私語給祈雨默然，在承乾殿落定後，她馬上收到了回覆。

「就是當信物集中在多於兩人但少於五人手上時會啟動的篩選模式，而且玩家們開始爭鬥前，血量還會先被削去八成，採速戰速決的方式選出終戰副本的兩位參與者。」

「好殘酷。」拂曉勉強挑起嘴角。祈雨默然握有琴穗碧璽及七龍金紋戒，嘆塵擁有類麒麟玉珮和最重要的傳位遺詔，就像身懷鉅款還招搖過市一般，特別惹人覬覦，她怕他們的籌碼會一夕失去。

但祈雨默然不怕。既然宮笑華打從一開始目的就是要與他決戰，便斷不會對他持有的信物下手，倒是嘆塵……

承乾大殿前聚集了僅剩的五位玩家，除去天女，其餘四人很快被籠罩在渾沌的巨大PK結界中，正在保隊友或是爭權位之間難以抉擇。

「這下什麼也看不到，無論是私語還是隊伍頻道都被鎖了，我怎麼觀局啊？」陣外的拂曉只能乾著急，不安地來回踱步。

「監國，這是鳳鳴焦尾琴。」陣內，左丞浮生殘恭敬奉上一張琴弦閃著鋒芒、琴身打磨光滑、色澤瑩潤的古琴。只見宮笑華解下腰間的華飾佩劍遞給他，只消下頜輕輕一抬，浮生殘拔劍出鞘，就這麼往自己的胸口刺下——

【系統】玩家「浮生殘」於爭奪模式中敗亡，十秒後傳送出副本。

浮生殘的乾脆自盡帶給祈雨默然和嘆塵很大的震撼。

這場抉擇，看來宮笑華沒有絲毫猶豫。

嘆塵不敢相信，那張和現實中的顧翊恆相去不遠，卻相較更爲冷漠的角色臉皮底下，眞的是那個足以與他匹敵的校園天菜代表嗎？

但在這邊爲對手的絕然嘆息，他自己又何嘗不是如此？他將行之事也沒有正派到哪裡去。

嘆塵以往從未想過要叛出天命唯你，然而今非昔比。

「鶴王爺，你們也該了結了，兄弟情誼與名利權位，終究必須擇一。」宮笑華輕笑。

「我實在不想變成和監國大人一樣的無義重利之徒。」

「我無義重利？呵呵，非也，該說本官是盡忠職守。知道我爲什麼非得進入最終副本不可嗎？我只是想親眼看看，我的孩子運作起來如何。」

「什麼？」孩子？運作？這說法讓祈雨默然覺得有點驚悚。

「其實這整個太子終選副本和最終決戰副本都出自我手，正式自我介紹一下，我是扉華的工程師，身兼半個GM，負責遊戲內部監控，因此以玩家的身分參與，本名是顧翊恆。你好，莫學弟。」

祈雨默然恍然大悟，怪不得他一直覺得宮笑華的模樣很熟悉，現在一想，宮笑華字羽亙，兩個字分別加上立部和心部，可不就是「翊恆」嗎？他居然現在才發現這點！

該死，顧翊恆是顧雲曉的哥哥，他怎麼不明就裡就得罪人家了？還有，拂曉剛剛似乎說過要請這抄襲的程式設計者吃歷史課本來著……這下請到自家哥哥，讓她情何以堪啊。

話說回來，他總是戴著面具現於人前，對方如何知道他的真實身分是莫予齊？

「GM要調得玩家資料並不難。」彷彿看出他的疑問，宮笑華解釋。

「哦。」當宿敵忽然變成必須極力拉攏的心上人的哥哥……祈雨默然一時不知該拿什麼表情面對。

「好了，明白本官的盡責之後，你們該決定要不要陪本官玩了吧？籌碼可是太子之位哦。」

「程學長，我是凌嵐，你聽得到嗎？我已經順利駭入系統，調降宮笑華的人物數值了，請學長將類麒麟玉珮與遺詔交給祈雨默然，我會拖延最終副本的開展時間，不過極限是十秒。宮笑華現在數值和六十級角色差不多，你趁那十秒對他放殺招，他身上三件信物歸你後，我再關閉入口。」

祝蘭公子的聲音在嘆塵耳邊響起。

「知道了。」嘆塵低應，按著祝蘭公子的計畫把信物雙手奉上，「老大，我知道你的爲難，我不想落得自裁那麼壯烈的下場，但也自認不夠格陪監國大人玩，這些籌碼還是交給你，也不算白費。」

「嘆塵……」祈雨默然依舊凝著眉，面色卻稍有緩和：「很高興我們保全了兄弟情誼，來日我必定不負你今日的仗義相助。」

不會有來日，因爲很快一切就要翻轉了。嘆塵逼自己狠下心，爲了太子之位，更爲了她，不能心軟。

兩件信物落到祈雨手中後，系統便認定兩人的資格，解除爭奪模式，並開啟最終副本的入口，那是一個巨大的漩渦狀黑洞，裡頭放射出白色強光，將承乾殿內萬物都映成白色。

「就是現在！」

在嘆塵提起法杖的瞬間，祝蘭公子同時將他的角色靈敏加成提升到最高，他一閃身來到宮笑華身邊，宮笑華現在的數值和普通玩家差不多，自然無法與有駭客加持的嘆塵比，待他察覺危機時已經來不及反應，嘆塵手起杖落，藍色的奧術之光與漩渦放出的白色激光頗有對抗之勢。

「再一秒，撐住！我要關閉入口了——」

【系統】玩家「宮笑華」遭玩家「嘆塵怎殤」於非PK狀態下擊殺，已傳送出副本。

【系統】恭喜玩家「祈雨默然」、玩家「嘆塵怎殤」與命定天女「無悠拂曉」開啟最終副本。天女降世，能者拔萃，九龍盤動，亂局將至……

「我負你，只爲了不負她。我不是英雄，不重什麼兄弟之情，只甘願爲兒女情長爭一把。」這是他們進入副本前，祈雨默然耳邊迴盪的最後一句話。

終於還是走到白熱化的這天了嗎？祈雨默然黯然一笑。

這場終焉之戰，爭的是這江山龍位，爭的是能獨占她的一顰一笑，爭的是拂曉身邊的位置。

他知道拂曉是喜歡他的，所以他不能輸，不能讓她爲難，也讓自己爲難。

✻

走出那片白光，拂曉所處之地是全然的黑暗。稍微適應了環境後，她轉了一圈，努力想看清整個室內，腳下忽然踢到一個東西，那聲似曾相識的脆響讓她確信了自己的判斷。

是銅甕，那個只要伸手觸碰，裡面的太子星就會自燃並開始倒數計時的銅甕。這次她偏不再碰，寧可與死寂的黑暗相伴。

原來所謂的最終副本，就是這九龍奪嫡副本。只是整個密室的格局較上回所見似乎更加寬廣，裝潢也更爲富麗堂皇，寫著「無上太極」的牌匾高懸於龍椅上方，在黑暗中閃著熠熠金輝。

拂曉合理猜想，他們當初闖神鳥副本時，應該是誤入了尚在開發中的九龍奪嫡副本。

若真如此，那就能解釋爲何祈雨默然和嘆塵會在劇情未展開前就取得信物了，因爲官方早已暗中開發著太子終選副本，只是在最後一個禮拜才釋出消息。

她與祈雨默然和嘆塵的組隊被系統強制解除，於是她發了私訊給祈雨默然。

【私語】無悠拂曉：這裡就是上次的九龍奪嫡，我一樣被關在太極殿，一樣有個銅甕，所以過關規則應該沒變。你那邊呢？

私訊一發出去，祈雨默然馬上回覆，而嘆塵也在此時捎來訊息，無非是關心她這邊的狀況，但拂曉選擇不讀。

她很清楚，自己的心偏了。

【私語】祈雨默然：的確是九龍奪嫡，不過這次是完整版的，要去妳那不能再硬闖，而是必須打敗七個東宮史上最強大的新BOSS，再打敗嘆塵，我才能以準太子的身分名正言順踏入太極殿。我現在正跟其中的七嘉皇子交手，有點難纏。

【私語】無悠拂曉：我不碰銅甕，只要太子星不自燃，計時便不會開始，你有很多時間。

祈雨默然一面讀取訊息，一面矮身有驚無險閃過七嘉皇子的一劍，加速撥奏〈弒神曲〉。此曲是琴師的高級技能，音刃凌厲，傷害輸出不低，可是對上眼前姿態挺拔、數值加成驚人的七嘉皇子，卻只能像小刀般一點一點剜著，不痛不癢。

才第一個BOSS他就微感吃力了，後面還玩得下去嗎？

【私語】祈雨默然：妳等我。

【私語】無悠拂曉：我等你。

僅僅三個字，便讓彼此的心更靠近、更安定。

待祈雨默然總算撂倒七嘉皇子，副本公告欄也顯示嘆塵怎殤已擊敗北瀛王，與前攝政王陷入了激戰，進度明顯快於還待在原地回血的祈雨默然。

還好這個進度公告拂曉看不到，否則肯定徒增煩惱。祈雨默然早知道重新封頂的嘆塵實力遠超於前，並且有意隱藏，不過他也是大神中的老手，自然能看破。

若與如今的嘆塵相比，也許他並不高明多少。

愛情眞的能改變一個人，從輕浮到穩重，從沉著到陰險，從普通強大到非常強大。

所以，並非不讓太子星燃燒就能拖住時間，他們比的是清怪速度。也許他勝算不如何大，但絕不能輸，因爲拂曉在等他。

✻

等待、等待。

黑暗讓人的意志特別容易垮臺，拂曉推算現實時間至少已經過了三小時，遊戲裡的一切卻像是靜止般。祈雨默然讀完她的訊息後便關閉頻道，她體諒他是專心打怪去了，所以也沒好意思再煩他，只是……

嘆塵的訊息提示燈還在不斷閃爍，拂曉依然不打算點開，任由訊息一條條堆積。她現在滿心只有祈雨默然，儘管知道另一個男人的存在，她仍覺得寂寞。

沒有他就會感到寂寞，這是戀愛吧。

胸口的酸澀感擴大，原來網戀也能這麼刻骨銘心。

他還是沒有音訊，但沒有消息應該就是好消息。拂曉自我安慰。

良久，太極殿內驀然亮了，牆上火把依序燃起。

是他來找她了嗎？拂曉欣喜，突如其來的光線讓她暫時無法適應，有隻溫暖的手勾上她的手心，兩人緊緊相握。

直到視野逐漸清晰，她轉身撲入對方懷裡，身子卻隨即一僵，硬生生嚥下到嘴邊的那句「等到你了」。

這氣息這懷抱，並不屬於祈雨默然。她反射性要掙開，對方的雙臂卻越收越緊。

「看到是我，妳就這麼失望？看到不是祈雨默然，妳就這麼傷心？」嘆塵低啞的聲音在拂曉耳邊響起，「妳有沒有考慮過，見到這樣的妳我也很傷心？」

「你……」是啊，爲什麼她這麼失望？拂曉一時說不出所以然，對於嘆塵的舉動卻依舊升起反感，「登徒子，放開我！」

「久違的稱呼啊，眞懷念。我很後悔那時把妳介紹給他，否則現在妳心裡的人就會是我，正大光明打敗祈雨默然的我！」這番話他問心無愧，他進入九龍奪嫡副本後，就與祝蘭公子斷開了連結，憑自身實力闖關。

「誰會相信你！」拂曉嘴快，明明腦袋還沒理清思緒。

「呵，女人總是只相信自己喜歡的男人，無論他是不是眞的可靠。」嘆塵冷笑，「我錯只錯在妳喜歡的人不是我。」

她喉頭一梗，甩開他的手，「你自己也這麼認爲了，又何必苦苦相逼？強摘的瓜不甜，不是兩情相悅強湊對不會幸福的！」

「我只是贏得了賭局，依約來接收我應得的賭注罷了，逼妳的人可不是我。」

「你什麼意思？」她突覺身子一涼。

「我與祈雨默然打了賭，贏得太子之位者，便能迎娶妳做皇后。」嘆塵向拂曉步步進逼，「如今我擊敗他了，所以我將讓妳做我的皇后，站在我身邊，與我一同笑傲天下。妳真是史上最風光的賭注。」

「我是……賭注？」拂曉不斷後退，直到退無可退，「騙人，你騙人！祈雨默然才不會跟你一樣荒謬！」

那麼溫柔溫暖、能讓人放心依靠的男人，怎麼會與嘆塵打這種幼稚的賭？女孩子的芳心可不是玩物！

「事情已成定局，祈雨默然輸掉妳了。」嘆塵一隻手撐著牆，噙著邪笑。「拂曉，做我的皇后，我們共享天下吧，何必執著於一隻喪家犬？」

「不准你這樣說他！他只是弄丟了我，因爲你！」

眼前的嘆塵根本不是程子勳學長，是可怕的魔鬼。拂曉將手背在身後，不動聲色捻了張象形咒，一把短劍成形：「嘆塵怎殤，算我看清你了，我不屑做你的什麼皇后，就甘願陪喪家犬當他的小母狗，怎樣！」

撂下魄力十足的直白宣言，拂曉將短劍對準自己的胸口，劍鋒果斷沒入。

寧爲玉碎，不爲瓦全。

嘆塵驚駭，他千算萬算，就是沒算到拂曉會自殺！想不到這年頭還有女孩這般貞烈……

「拂曉，不要！」

「人生若只如初見，若只如初見……」她留給嘆塵蒼涼一笑，和逐漸消逝的纖弱身影。

而後拂曉沒有選擇回公會復活，直接下線。

【系統】天女「無悠拂曉」死亡，已傳送出副本。

【系統】恭喜玩家「嘆塵怎殤」通過「九龍奪嫡」副本，先帝授予太子之位，登基大典將於三十秒後展開。

兩條呈現極大反差的系統公告占據嘆塵的視窗，他終於承受不住被祈雨默然打出的內傷，跌坐在地。

沒有她，就是獨得天下又如何？就是萬人之上又如何？原來他在她心中從來比不過老大，原來他爲愛所做的一切努力都沒有意義、都錯了嗎……

Chapter 07 狸貓換王爺

太子選拔結束，《東宮》世界進入新的紀元。

那是拂曉找不到一絲熟悉感的世界。

首先是嘆塵的登基，他改元獨孤，未立后，開放民間搶親系統卻封鎖皇家的選秀系統，嚇得輔佐GM以爲新帝意欲仿效中國歷史上最好佛的梁武帝，遁入空門。但拂曉心知肚明，嘆塵不過是小肚雞腸，要天下有情人都被拆散，與他一同孤獨。

而後昭華太后仙逝，新帝尊曇太昭儀爲新立太后，並加封自家公會成員，天命唯你榮極一時，同時也反映出監國宮笑華與世人笑痴的衰落。

最後是，皇儲繼承人之一鶴王爺祈雨默然失蹤了。

拂曉喬裝窩在皇城城郊的樹叢中，用望遠鏡道具窺視那鑲金的布告欄，得到以上訊息。最令她在意的自然是祈雨默然的失蹤，她的心猛地一沉。

「皇后娘娘。」背後一道男聲傳來。

拂曉一聽到這個稱呼就煩躁，誰叫她與嘆塵的婚約尚未解除？嘆塵雖對外宣稱未立后，然而那只是做給拂曉看的，點開人物資訊面板，她的身分欄依然顯示是他尊貴的妻子，玩家們依然畢恭畢敬稱她爲皇后。

她要去找嘆塵解除婚約嗎？可是她一點都不想再看到那個讓祈雨默然不知去向的傢伙，儘管此事不見得與他有關，她還是任性地歸咎於他。

大不了今後少上線，少聽一聲皇后娘娘，就多一分清靜。

「別那樣叫我。」她冷著臉，一回頭卻撞進一雙與自己相似的眉眼，頓時愣住了。

「好，我不這樣叫妳。」對方一襲黑緞華袍，衣袂翻飛襯得俊朗的臉龐、偉岸的身姿更加氣度不凡，宮笑華勾起一絲淺笑，「那我要叫妳拂曉，還是雲曉好呢？」

「哥……」拂曉是第一次眞正看清宮笑華的長相，那清秀的眉眼與她生得一模一樣，搭上高挺的鼻子與好看的唇形，以及耳熟的嗓音，她總算認出他了。

「顧雲曉，妳眞的修太大了，妳原本臉有點方，眉毛有點粗，鼻子……」他走近，毫不留情捏著妹妹的臉頰細數各種缺陷，方才相認的溫馨氣氛立刻煙消雲散，反正他們在現實裡一向不怎麼和平。「要不是我是GM，一時興起調了妳的玩家資料，還認不出是妳。」

「哥你是GM？」拂曉睜大雙眸，任由宮笑華蹂躪她的臉，略一思索便恍然大悟，「難怪！每次偷聽你和那個李組長還是老闆講電話，都是一堆搞不懂的網路術語，原來你是在扉華資訊打工啊！」

「他們都把我當正職人員操，哪有打工的感覺。」宮笑華，也就是她那個天才哥哥顧翊恆發著牢騷。

兄妹倆叨叨絮絮說了好些話，甚至聊得比他們從出生到現在講過的所有話加起來還多，果然人與人之間還是要有共同話題才處得來，她頓時彷彿離那個神一般的哥哥近了一點。

「話說，顧雲曉小妹妹。」宮笑華突然換上怪腔怪調湊近她，讓拂曉雞皮疙瘩忍不住豎起，「妳是不是談戀愛了？」

她心一跳，少女心對於「談戀愛」三個字總是特別敏感，下意識就否認：「哥你別亂說。」

她跟那個人應該還處於曖昧階段，雙方都沒有提過要交往，這樣不算在談戀愛吧？

「妳別想矇我，在東宮世界裡我神通廣大，妳跟那個鶴王爺的對話和互動紀錄我都調得出來哦，還不承認？」宮笑華勢在必得，笑得很陰險。看著拂曉的慌張反應，他第一次發現，原來妹妹是種好玩的生物。

有這種居心叵測愛耍特權的GM，玩家的隱私還有保障嗎？拂曉淚流滿面。

「好啦我招……」

他哼哼，擺出長兄如父的架子：「膽子倒肥了，敢搞網戀啦？交往多久了？妳有打算退新帝的婚和他成親嗎？」

「才沒有交往，只是互相喜歡，有點曖昧而已。」至於成親……準新郎都不見了，還成什麼親？

「這就更可惡了，明明喜歡又不給個名分，這像話嗎？」宮笑華存心逗妹妹玩，恨恨握拳唾罵，與拂曉印象中那個少話的酷哥判若兩人。

想起祈雨默然的失蹤，拂曉一口氣堵在胸口，很不痛快：「就是！他一定也知道我喜歡他，現在居然來人間蒸發這套。欸，哥，你能不能調出他的眞實資料給我，比如聯絡方法……」

「顧雲曉，網戀適可而止就好，不該發展到現實。」見妹妹打起歪主意，宮笑華不再演戲，一本正經地駁回。

他知道祈雨默然的眞實身分，更知道莫予齊和自家妹妹之間那斬不斷的孽緣。他們朝夕相處，就算嘴上總是互不相讓，終歸不是眞正討厭彼此，若進展爲男女之情……他可不想這麼快就有妹婿。

而且顧雲曉和誰交往他都不會干涉，唯獨莫予齊，他不允許。

「哥，你就幫一下嘛，又不會少塊肉。」她搖著他的手撒嬌。

「哥哥是爲妳好，妳沒看現在新聞那麼多網戀發展到現實的案例，沒一個有好下場。」

「祈雨默然不會是這種人！」拂曉臉色微變。

「難保。」他不肯讓步。

「哥，這是你妹我的初戀欸，你就成全一下會怎麼樣？而且你認爲你對祈雨默然的了解會比我多嗎？怎麼可以先入爲主。」

宮笑華一臉無奈，戀愛中的女孩果然都是傻子。

「每個案例的被害人說的話都跟妳一樣，現在的男生哪有那麼單純？而現在的女生又特別沒大腦。」

「你嘴很賤耶，智商高了不起啊！而且你平常都不太理我，幹麼突然管這麼多？」拂曉挑眉，難不成自家哥哥是隱性妹控？

「我既然是《東宮》的GM，就更不能讓我妹妹在《東宮》裡出事，這不僅是因爲職責所在，更因爲妳是我的家人。而且我管妳是不想讓爸媽替妳操心。」

顧翊恆其實也想當個好哥哥，在他九歲前，兄妹倆都還互動良好，只是年紀小的顧雲曉不懂事又調皮，老是添亂。

當超齡的哥哥在寫國中理化題目時，她看不懂，見比熱公式上有個三角形，便以爲是美術作業，幫哥哥藝術性添了幾筆；當他熬夜學習網頁遊戲設計，她就興致勃勃替他試玩，卻不小心刪除所有數據。

諸如此類不勝枚舉，但最關鍵的一次是籌備跨校科展那時，他在切片馬鈴薯上塗了某種化學藥劑，拿到院子風乾，卻被餓過頭的妹妹以爲是薯片，全部吃了，因此鬧了肚子住院，害他有生以來第一次被爸媽責罵。

儘管那責備不算嚴厲，但對不曾犯錯惹大人不高興的小翊恆而言，這就是足以讓他否定自我天崩地裂的大事！於是，他決定再也不搭理顧雲曉這個鬧事精，這一賭氣就是快十年。

不過塵封再久的兄妹情，終究還是兄妹情。

「算了，哥你講這些話怪噁心的。」顧翊恆的一番心意被妹妹毫不留情嫌棄了一把，「反正他不見了，我也沒理由常上線了，你就放一百二十顆心吧。」

顧翊恆嘆口氣，沒再多說。看來她是眞的喜歡上祈雨默然了，喜歡到可以爲他放棄最喜愛的《東宮》。

至少，祈雨默然的身分沒有曝光已是萬幸，如此莫予齊在她心中的形象就仍只是青梅竹馬的討厭鬼。他們的關係不能夠再更進一步。

✻

是不是體驗過失敗與背叛，才備覺世態炎涼？

好吧，其實沒有那麼誇張，是莫予齊自己悲觀過度了。既然與嘆塵的反目他早有心理準備，也不想徒勞挽回，那當事情眞的發生後，他也沒必要哀嘆，不是嗎？

他眞正與自己過不去的地方是敗給嘆塵。畢竟那一戰證明嘆塵的實力確實超越他這個老大了，天命唯你不再屬他一枝獨秀，以莫予齊高傲的性子，怎能在短時間內接受這個事實？

所以，他壓根不想上線和大家一起接受封賞，現在的天命唯你有多風光，他就感覺有多屈辱。不知享盡榮華的背後，那些曾經的公會夥伴們有沒有想起過他？

罷了，人心帶私，有利無義這句話他不是不懂，他已做好最極端的打算——離開天命唯你。

他始終沒忘記對拂曉的諾言，只是他又一次毀約了。她已是尊貴無雙的皇后，應該也不需要他在身邊了吧？

不過再轉念一想，只是「祈雨默然」無顏再與她相見，但「莫予齊」的臉皮還夠厚，嘆塵若在遊戲裡待她好，他便在現實中加倍待她好。都說近水樓臺先得月，誰的勝算高顯然呼之欲出！

因此，某個討厭鬼的信心再度熊熊燃起，他向來不適合走憂鬱少年這種路線。

祈雨默然反手卸去冠釵，一頭長髮隨意傾瀉。

不遠處，故傾城站在那裡望著他瀟灑步出公會的背影，對比她的心境蕭索，像那銀冠泛起的冷光。

莫予齊注意到了顧雲曉今天的異狀，她垂肩捧腹癱在桌上，臉色白得像張紙。這種情況，依據莫予齊的不專業判斷，推測一定是——

「欸，妳是便祕一星期，肚子痛？」他學她趴在桌上，電力十足的黑眸望著她，滿腔的關心之情硬是藏得很深。

看討厭鬼一副純良貌卻說出這麼欠揍的話，顧雲曉立即恢復血色，只差沒吐血：「莫予齊！我賭你以後絕對交不到女朋友，知不知道這種狀況是因爲……每個女生都有一位不請自來的討厭親戚會定期報到！」

她是有氣無力勉強吼出這句話的。老天，她身強體健，一向沒有生理痛這種困擾，怎料這位姨媽不鳴則已，一鳴驚人，痛得她死去活來，熱水袋都敷成冷水了也不見好轉。

現在又多個莫予齊來添堵，她乾脆痛死算了！

他被她吼得不怒反笑，隨手解下頸上圍著的厚針織圍巾，將顧雲曉的下腹處裹得像聖誕老公公的大肚子，餘溫稍稍暖了她的小腹，屬於他身上的清香也悄悄染上，而後一條巧克力打上她的頭：「逗妳呢，好歹我健教成績也有及格，怎麼會不知道這位鼎鼎大名的親戚？果然姨媽來的女生脾氣最難搞。」

顧雲曉有些受寵若驚，心裡的感覺很奇妙。她喜歡這麼體貼溫柔的討厭鬼，卻無法習慣這樣的他。

「你是還沒中邪完？」他倆互望許久，一個含情脈脈很噁心，一個惶惶不安很驚恐，最後她主動開口結束這微妙對峙。

「妳這女人根本是抖M。」莫予齊翻了個白眼，「對妳好，妳反而說我中邪，對妳惡劣，妳就說我討厭，結果自己一副樂在其中的樣子，妳說我委不委屈？」

「你那張嘴最會講了，什麼樂在其中，我明明是在你的摧殘下苦中作樂好嗎？」顧雲曉翻翻白眼，配合慘白的臉色簡直像個活死人。

「那我現在讓妳不用苦中作樂了，妳怎麼顯得更苦了？」

「哪個女生姨媽來會快樂啊。」她長吁一口氣，試圖舒緩下腹因情緒波動而更甚的疼痛。可惡，每次跟討厭鬼鬥嘴都像一場辯論賽！

「況且我認識你這個人多久了？你每次只要釋出善意，都一定是別有居心。奇怪，你不是老說我身上沒有什麼可圖的嗎，幹麼還要這麼裝模作樣。」

原來他這些日子對她的好，都被她認爲是裝模作樣？莫予齊心裡有點不是滋味，酸澀感隱隱泛起：「別人是沒有什麼好從妳身上圖的啊，但根據我長久以來的觀察，妳好像也不是眞的一無是處。而且妳都說我別有居心了，我自然要從妳身上拿點東西，這才名符其實。」

得了，他就最會拗。

「是指作弄我的樂趣？那個你天天在拿啊。」顧雲曉懶洋洋道，「還有我奉勸你，最好離我遠點，否則依你這種個性，又成天針對同一個女生，你眞的會交不到女朋友。」

「那妳應該負起連帶責任，誰叫我就是特別看不順眼妳這個傻蛋？」莫予齊理直氣壯，微微擰起眉，目光異常認眞，抿起的薄唇讓她的心跳偷偷漏了一拍。「所以顧雲曉，妳得當我的女朋友。」

「無理取鬧。」聽他天外飛來一筆，她挑挑唇角。看來討厭鬼是惱羞了才會說出這種好像很深情的話，這場辯論大概是她贏了吧。

「哪有？男生都喜歡捉弄自己喜歡的女生啊，妳這女人也太沒常識。」

莫予齊像情竇初開的男孩一般微微臉紅，雖然嘴上不客氣地喊「妳這女人」，顧雲曉卻突然覺得這樣的他挺可愛，沒想到討厭鬼也有這麼純情的一面。

等等，純情？莫非討厭鬼是眞的……喜、喜歡她？

「好嘍，你演夠了就不要再擺那副痴情小白樣了，看起來很遜。」太誇張了，討厭鬼竟然喜歡她？這是在鬧她吧，這次的手段可眞高端，鬧得她的心悸動不已……

「顧雲曉，我沒在跟妳鬧。」莫予齊一手撐在她的桌面，一手撐著她的椅背，側趴在桌上的顧雲曉臉龐幾乎要貼上他的胸膛。他附在她耳邊：「是我平常形象太差，才讓妳感覺不到我的認眞？」

「差不多是這樣。」陣陣熱息刺激著她的感官，她起身想要躲避，雙頰卻無法控制地通紅了。

莫予齊對她的反應感到很滿意：「口是心非，妳動搖了，哪怕只有一點點。」她像一張寫滿祕密的字條，被攤開在他面前，一覽無遺。

「走開啦，算你嘴贏了行不行？不要一直講這種曖昧的話，很討厭！」原本是她占上風的局勢怎麼翻轉過來了？

但他沒有打退堂鼓：「我說雲曉，我是現實中活生生的人，當我的女朋友絕對強過談什麼虛擬的網戀。」

她捕捉到了關鍵字，那道月白色的清雅身影閃過心頭，讓她恢復所有理智：「你又怎麼知道我談網戀？」

「因爲這個。」莫予齊從口袋裡掏出一張紙，上面畫著的，赫然是祈雨默然的人物形象，「我在妳的座位旁撿到的，原來妳上課一直偷偷摸摸在動筆的不是罰寫或作業，都是這東西。別騙我沒玩過遊戲，這是網遊裡的玩家人設吧？妳喜歡的就是他？」

顧雲曉想搶回祈雨默然的畫像，莫予齊卻將畫拿得更高，擺明了欺負她。

「這不關你的事！」

「怎麼不關我的事？我喜歡的女孩子喜歡一個虛擬人物，這麼危險的事情怎能不防？我問妳，妳知道他的眞實身分嗎？妳知道他的年齡嗎？妳確定他眞的能帶給妳夢寐以求的幸福？別浪費青春了！」

顧雲曉只是咬牙，不發一語。

莫予齊見她這樣便放軟了語氣，雖然是作戲，但也沒必要太入戲。他繼續勸說：「網路陷阱太多，妳別傻到上勾。那麼虛幻的感情，肯定不如我倆從小鬥嘴到大，相愛相殺的情分——」

「閉嘴！我有腦，我會自己判斷！爲什麼你們局外人就愛先入爲主全盤否定？」她忿忿不平，無論是哥哥還是討厭鬼，都是在不了解鶴王爺的情況下自以爲是發話。

「網戀到底哪裡不好？人物是虛擬的，但一次次並肩作戰累積的感情是眞的！我也不是小孩了，自身安全我自己顧得好，不勞你費心！」

顧雲曉拍桌，解下纏繞在小腹上的圍巾丟還給他，氣呼呼離開。

莫予齊拿下落在臉上的圍巾，無奈又寵溺地一笑。

看來祈雨默然這個虛擬存在，在她心中比莫予齊這個眞人青梅竹馬還更有分量啊，這是個好消息。

在同學們眼裡，莫予齊是被顧雲曉狠狠拒絕了，但實情不然。畢竟顧雲曉喜歡和不喜歡的，都是他啊，所以從另一個角度想，他其實是被她接受了。

好吧，那他也許願意爲了她重回《東宮》，重新成爲她心裡的那抹身影……

＊

祈雨默然消失的第十天，拂曉依然在等他，即使毫無頭緒仍持續尋找他。

「王爺沒有回來過嗎？」她踏進公會，成員們圍著圓桌坐成一圈，正討論著要去闖皇城的特殊副本。

在太子選拔前，那裡是宮笑華的地盤，對方將他們視爲拒絕往來戶，因此眾人一直沒有機會涉足。如今嘆塵登基，皇宮就順理成章成爲天命唯你的勢力範圍了。

「沒有。」回答的人是故傾城，她藏在桌下的手摩娑著祈雨默然留下的銀冠，沒讓任何人察覺。

故傾城內心的焦急並不下於拂曉，只是一直隱忍著。

拂曉目光掃過自家眾會員，故傾城、花不落、夕顏、風吹ＪＪ好涼爽和風靜止，每張面孔都是那麼熟悉，就是那道身著紅黑華袍、頭戴冠冕的偉岸身姿顯得特別陌生。「你們都不認識現實中的祈雨默然嗎？」

眾人皆搖頭，包括嘆塵。

「老大一直是個強大的存在，一手拉拔起天命唯你，還是遊戲裡獲得皇親國戚身分的第一人。只是他很神祕，我們之中沒有人看過他的眞面目，更別提在現實裡認識他了。」花不落崇拜地道。雖然祈雨默然已是嘆塵的手下敗將，可是花不落對他的尊敬依然不減。

「眞的一點資訊都沒有？」

「眞的沒有。」故傾城嘆氣，雲鬢垂落幾縷髮絲。

拂曉的臉色倏忽黯淡，眉頭蹙著，眼睫輕顫，整個場面的氣氛瞬間低迷。

風吹ＪＪ最不識時務，但也因爲他的不識時務，才得以打破這片沉重：「對了，皇后嫂子，妳要不要和我們一塊去皇宮闖副本？可以去打珍寶司或御品苑，聽說那裡掉極品寶貝的機率爆炸高！」

拂曉連扯動嘴角的意願都沒有，她面無表情看向風吹ＪＪ：「我沒有心情。還有，我不是什麼皇后嫂子。」

她轉身離開，失落的眸光撞進了另一雙憂傷的眼睛。

拂曉在心底冷笑，坐擁江山，他的眼裡應當只有流光溢彩，而沒有資格傷懷，不是嗎？

「我可以替妳找出他的現實身分。」翌日放學，顧雲曉獨自在教室裡收拾全班的數學作業簿，這本是莫予齊的分內工作，不過他趁福利社關門前買點心去了，讓她幫忙先整理一下。

門外有腳步聲緩緩接近，來人卻不是莫予齊。

「程學長。」她頭也不抬，不鹹不淡打了聲招呼，「現在才來找，不如當初就別逼走他。」

程子勳一愣，俊眉一皺：「不是我。」

「罷了，我也不追究了，無論是不是你，他的消失終究和你脫不了關係，不是嗎？」

程子勳嘆口氣，看來他與小學妹之間的心結已深，她是無論如何不會再信任他了。他只得再重述一遍之前的提議：「我能替妳找出他的眞實身分，只要我一句話，學生會副會長祝凌嵐，也就是祝蘭公子可以駭入扉華的系統，拿到祈雨默然的玩家註冊資料，妳若是需要儘管說。」

「眞的？」顧雲曉挑起眉，半信半疑。嘆塵怎會突然變得這麼大度，有成人之美了？

「這是很容易的事。」程子勳道，目光灼灼定在她身上。他個子很高，整個身形足以霸據前門，「不過，我有條件。」

她就知道！嘆塵這樣老謀深算的人，怎麼可能會無私付出呢？

「學長不如先說吧。」

「我替妳找到他後，妳就回來我身邊。」他的語氣不容拒絕，「當一個鄉野皇后成何體統？鳳座始終爲妳空懸著。」

「笑話，我可從未稀罕過那后位，皇帝陛下。」她哼笑出聲，語帶諷刺，「學長，你不覺得這是很可笑的交易嗎？如果得回到你身邊，那靠你的幫忙找到他又如何？簡直毫無意義。我想要的是與他相伴相守，所以我會靠自己的力量找出他。」

「妳完全不知道他的任何資訊，又要怎麼找他？萬一他永遠不再上線了呢？」

「我會等他，眞的等不到的話，離開《東宮》就是。」

沒有祈雨默然在的《東宮》，她也沒有留戀。不過她會記得先提醒哥哥，務必向程式部建議升級防駭系統，現行的這套連高三生都破解得了，根本毫無安全性可言。

「學長抱歉，借過一下。」程子勳身後響起另一道男聲，是莫予齊帶著兩個尚有餘溫的包子回來了。程子勳微一側身，他便用力擠了過來，一看就知道是刻意的，「顧雲曉，給妳。」

她接過討厭鬼的包子，打開一聞，不禁碎念：「怎麼不是紫地瓜的？」

「賣完了，這兩個剩下的我還求福利社阿姨特別幫我們加熱，所以才搞那麼久。」或許是程子動在場的緣故，莫予齊基於炫耀心態用力揉亂她的髮，眼含寵溺，「妳別不知好歹。」

「哎喲，我哪有！」顧雲曉抱頭躲閃，整理好自己的一頭亂毛後，一口咬下包子，「你才少裝熟咧，沒看到有人在門口啊？」

「早走了。」他將她一把抓回自己身邊，「話說，你們剛剛在說什麼？妳的誰不見了嗎？」

「沒什麼。」她垂眸，不知道這傢伙竊聽到了多少。

「嘖，少來，我全部都聽到了。」他痞痞挑著眉，「難道又是那個玩家啊？叫什麼，祈雨默然？」

她瞪向他，忍不住問了一句：「你不生氣嗎？」對於她談網戀這件事，討厭鬼打從上次告白後就非常敏感。

「生氣啊，人都消失了，妳居然還對他念念不忘，像白痴一樣傻傻地等。我現在超生氣的，簡直快被醋泡死。」莫予齊說著這些話時，臉上是一副不以爲然的表情，甚至隱隱噙著絲笑意。

「你有病啊？」顧雲曉只覺莫名其妙，討厭鬼是不是精神有問題？單戀果眞是危險的東西。

「好了，時間不早了，回家吧。」他將一疊作業簿扔到導師桌上，順手刮了下她的臉頰，揚起微笑，明亮的眼眸讓顧雲曉失神一瞬，彷彿掉進一汪清澈見底的湖泊。

「我想要的是與他相伴相守，所以我會靠自己的力量找出他。」

「我會等他，眞的等不到的話，離開《東宮》就是。」

莫予齊在心裡哼哼，這叫他怎能不高興不感動？原來不管鶴王爺如今落魄到何等地步，也依然有個女孩願意等著他。

幸福如他，哪有理由再讓人家枯等？

妳若不離，我定不棄。

傻人有傻福，拂曉像隻無頭蒼蠅在《東宮》世界裡亂闖，只爲尋得一點祈雨默然的消息，而十餘天後，鶴王府終於有人來報，說王爺回府了。

總算讓她等到了！她的心情從來沒有這麼雀躍過。

拂曉捻訣召喚出天山雪雁，召喚神獸是封頂咒師的專屬技能，回想她來到《東宮》也近一年了，已經從一介新手變成能夠獨當一面的高級玩家，雖然與女神級別的故傾城相比仍有不足，但也算強者。

乘著雪雁，她朝寤寐思念之人所在的彼端，飛去。

跌跌撞撞闖入王府，途中不知差點撞翻了多少大型花盆藝品，拂曉隨手攔下一名小廝詢問鶴王爺的所在，小廝領著她到了王爺的書房——松鶴軒。

推開木門，裡頭果然有一道挺拔身影，月袍迤地，氣宇軒昂。她的視線瞬間模糊了，三步併作兩步，從他的背後撲上。

「你回來了……」

他轉過身，將伏在背後的小無尾熊輕輕拉開，「顧雲曉，妳這樣抱我會害我被莫少殺掉的。」

嗯？這說話音調過高且細，不是祈雨默然。

拂曉猛地抬頭，映入眼簾的赫然是班上的同學——黎懋的臉！奇怪，面具去哪兒了？

「你你你你、你就是祈雨默然？所以祈雨默然就是你？」

老天，可以不要這麼耍她，讓她的少女心無情破滅嗎？原來自己一直愛慕的大神，眞實身分竟是屁孩同學！叫她情何以堪啊！

「啥？才不是呢！這隻角色帳號是莫……祈雨默然本人給我的啦。他說他玩膩了，又剛好我想玩這遊戲，就接收了。」黎懋解釋。

還好不是……拂曉調整好紊亂的氣息，雖然慶幸自己眼光沒問題，但祈雨默然本人沒有回來的事實讓她不禁失落。

她打量著眼前的「祈雨默然」，只有暱稱和裝備沒變，角色身高和長相、體型等，因爲改成以黎懋本人爲基準，所以變矮了點、胖了點，也不再以面具覆面了。不過……到底是帥了點還是醜了點依舊無從得知。

「所以意思是，你認識現實中的祈雨默然？要不然他怎麼能給你他的帳號？」

全息網遊的帳號轉讓不像鍵盤網遊那樣簡單，只要給對方帳號密碼即可，接收帳號的人需躺入原帳號持有者的感應艙內，讓儲存於艙內的角色數據與新的持有者嵌合，嵌合完畢後，原帳號持有者再刪除舊數據，如此才算轉讓完成。所以兩人在現實中肯定有接觸。

黎懋只是笑著從袍袖中拿出一張傳單遞給拂曉：「我與祈雨默然本人的轉讓契約裡有一條『不得向他人透露本尊眞實身分』的規定，所以我不能告訴妳。不過他有交代，如果妳來找他，就給妳這個。」

拂曉接過，那傳單其實是一紙徵兵文書，徵的是《東宮》新地圖——漠北大陸的探勘兵與征討隊。因爲是新場景，有許多新增的怪，故徵求有一定水準的玩家去替官方測試難度，獎賞豐厚。

「可是他把這個大神級帳號轉讓給你了，還能拿什麼去報征討隊？」拂曉有些疑惑。

「其實這個帳號他一星期前就轉讓給我了，這一星期的時間足夠他再練一個水準以上的新角。祈雨默然本人的強大程度，妳肯定比我更清楚。」黎懋笑道。

「說得也是。」拂曉舒眉，「不過現在是你在用祈雨默然這個暱稱，他應該不能重複用吧？」

「系統不允許使用已經存在的暱稱，所以他肯定換了暱稱，不過換成什麼我就不知道了。」黎懋顯得歉然。

「沒關係，我有自信可以認出他。」原本得在整個《東宮》世界茫茫人海中尋覓那人，如今範圍縮小了，所以她不怕。

✽

拂曉隻身來到北郡華夏，咒師的方便之處就是遠行不需攜帶行囊，多備幾張象形咒便能應付物質所需。

出了關即是新大陸漠北，征討軍的報到處設在城門外，眼下已是大排長龍，其中不乏許多榜上有名的人物，大多都是玩膩四大都郡與中央二城的老玩家想來圖個新鮮。

拂曉站在隊伍末尾遠眺，這人龍絕對超過征討軍的徵招人數上限，她還不知道排不排得到。於是她乾脆用點手段，捻了隱身符直搗黃龍，偷偷塞了大把銀子給報到NPC，才得以優先被編入先鋒隊。

從入隊一直到征討任務結束的這半個月，玩家的活動範圍僅限於漠北大陸，不得使用世界地圖及跨陸傳送陣，可離線。

跟著隊上夥伴們紮營完畢，系統配給每位軍士一匹駿馬，並發布馬術訓練任務。幸虧拂曉的靈敏屬性不低，雖然是門外漢，不過摔了幾次就能順利駕馭馬匹了，算是先鋒隊中少數率先完成任務的。

騎在馬背上放眼四周，廣闊的青綠草原綿延，遠方則是無盡黃沙大漠。這樣的壯麗景致，讓人不禁懾服於遊戲美術設計的強大。

面對浩瀚天地，拂曉內心澎湃，想到自己就和那人一樣踏在這片土地上，頓覺千里之遙亦如在方寸之間。

她一定能找到他的，對嗎？

加入征討隊後，主線任務被強制暫停，並且多了不少日常任務與限定任務，先鋒隊還有額外的開發地形任務。

系統配給每位玩家一本進度圖鑑，每天都有該蒐集的征討紀錄，得將漠北大陸所有的新增怪打上一輪才算了結。簡單來說，就像是進入了超大型副本，需要不停地四處砍怪。

至於之所以有開發地形的任務，是由於尚在探勘階段的漠北大陸並無任何場景與地界劃分，所以也沒有鄰界傳送陣，某些地點是否具有特殊設置及特別玩法更是未知。

先鋒隊玩家的使命就是闖完每個場景，劃分區塊，並爲每個小場景命名，挖掘各場景的攻略法與特色，所得結果將由軍中書記官寫下或描繪、定名。

官方設定的這個地形開發任務，等同於邀請玩家一同加入遊戲設計的行列，這點倒是別出心裁。畢竟以往市面上的網遊都流於官方「專政」，沒體認到同一群人所開發出的遊戲風格難免相似，往往因此逐漸失去耐玩度，令玩家日益流失。

闔上進度圖鑑，確認完今天的進度都達成了，拂曉才把一身數值強大卻笨重無比的軍甲褪去。

打了一整天（折算現實不過四個小時，但也算久了）的新怪，徹底摸熟離華夏城門最近的這塊草原裡的怪物和場景玩法後，拂曉累得夠嗆，連被系統降低到百分之五的飢餓感都壓不住了，想當初打太子終選副本時也沒這麼餓過累過。

「拂曉，給妳。」一個女孩拿著剛烤好的羊肉串過來，遞給拂曉，自己也咬下一口。她的一頭淡金色捲髮隨性披散在肩上，生得一張古典娃娃臉，「《東宮》裡的數據美食都超好吃的。」

「可惜只能滿足口腹之慾，對於填飽肚子沒什麼用處。」

拂曉也嚐著，味道果眞比她在現實裡吃過的羊肉好上百倍，不過吃得再多，胃裡空空如也的感覺依然強烈，還是需要眞正的食物來滿足。那百分之五的飢餓感就是系統提示玩家應該下線補給了，玩遊戲之餘身體狀況還是要留意。

金髮女孩的ID爲金色萱草，是拂曉在先鋒隊裡認識的夥伴，性格活潑單純，那張幼女臉總讓人一眼認爲她不過國中小的年紀，但事實上，她已經是大學生了。

金色萱草那一頭金髮活像個外夷，放在《東宮》世界裡卻也不顯違和，這肯定與她的個人氣質有關。果不其然，一問之下，原來她是最高學府的中文系高材生。

「等等回到營帳裡就能下線休息了，雖然我還要跟室友出去吃點眞正的食物，但這麼好吃的數據不吃白不吃，還不會占胃，實在太完美了。」金色萱草啃得津津有味，滿嘴油膩，大眼睛眨啊眨，長睫毛搧啊搧的，搧得拂曉嫉妒無比。怎麼有女人吃相這麼差，卻還能如此漂亮？

金色萱草的臉蛋擺在任何地方肯定都能被奉爲女神，就算她修過角色長相，那也是依本人的容貌去微調，只能調整一定的幅度，所以她本人鐵定是美麗的。

人生勝利組啊。

在兩人相偕回到營帳準備下線之時，一段壯闊的音樂突然在隊伍頻道響起，伴隨一則系統公告，響徹整個大軍營。

【系統】軍中書記「青青子衿」完成當前場景命名，定名爲漠北大草原，傳送陣已建立完成。

「果然是男人，取這什麼沒新意又沒氣質的場景名。」出身自中文系的金色萱草職業病發，忍不住叨念。

「就一片一望無際的綠色大草原啊，妳也取不了多氣質的地名吧。」拂曉笑了。

「虧他ID還叫青青子衿，又有本事當上軍中書記，我還對他寄予厚望哩。」金色萱草伸個懶腰，不以爲然。

青青子衿，悠悠我心。

縱我不往，子寧不嗣音？

拂曉的心驀地被撞了一下，青青子衿這個名字顯然是從《詩經》來的，其中引申之意，她之前好像讀過……

青青子衿是指女子青色的衣襟，代表男子思念情人。

拂曉過去最常穿著的裙裝，前襟正是青色芙蓉繡紋。

腦海裡不禁浮現那人的身影，面具泛起的銀輝似月，這個ID叫她怎麼不做聯想？叫她心底怎麼不悄悄流過一絲甜蜜……

「拂曉？回神啊，在想什麼？」伸手在拂曉眼前揮了揮，沒有得到回應，於是金色萱草把手搭上拂曉的肩膀，用力搖晃。不過嬌小的她要將手放在不算矮的拂曉肩上使力，手臂著實有點痠。

「啊？沒什麼。」拂曉回過神，吶吶應了一句。

「我說，我要下線啦，妳像靈魂出竅似的根本沒在聽。」

「噢，抱歉。」拂曉搔搔腦袋。

「好啦，明天要去闖新地圖，要吃飽睡好才有力氣！拜拜！」

金色萱草歡快下線了，只剩拂曉獨自立於營帳中。

笑容漸漸淡去，閉上雙眸，腦海中浮現那道挺拔的身影。

祈雨默然，那會是你嗎？

（未完待續）

後記　詐騙集團不詐騙

在有幸獲得這紙出版合約的這年，我十六歲，而最初完結這部作品是十四歲的時候。

那時我還是準會考生，爲了不影響考試情緒，媽媽聯合編輯姊姊暫且隱瞞了簽約的事，一直到年初有次模擬考失意無比，媽媽爲了鼓舞我的士氣（？）才提前告訴我這個驚喜的消息。

但是，我當下的反應眞的不是驚喜，而是冷冷的四個字從嘴裡吐出：「詐騙集團。」如果對方不是詐騙集團，那我媽就是詐騙集團，雖然哄我開心的手法很拙劣，不過其心可感，我也就半推半就坐回書桌前了。

這件事我只當成老媽信口胡謅，沒想到五個月後竟然成眞了！才看老媽蹙眉懷疑年初致電的「總編」是不是忘了這回事（或者眞的是詐騙集團XD），一通電話隨即到來。

總編和我概談了一下出書的事，我雖然很興奮，多少還是半信半疑。拜託！對一個才快國中畢業的小女孩說要出版妳的作品，這件事眞的太超現實了。總編在電話中還提到去後台查我的年齡時頗感驚訝，我的編輯思涵姊姊也在信裡提過我的文

字超齡。事實上，我小學一年級就被這麼說過了。（笑）

早熟是我的天性吧！否則哪個奇葩的創作生涯會從幼稚園開始算起？每天上學就是帶著筆記本，明明還不會幾個國字，卻老愛在筆記本上寫著或許稱不上故事的小故事，而且那時的我已經有「連載」的概念了，稍長的篇幅拆個五六七八回分天寫，樂此不疲。

小學時期更是寫過N種類型的故事，往往接觸到什麼電視劇就仿作，像三年級時因爲很火紅的魔幻校園劇《萌學園》，我寫掉了五本三十幾頁的小書，還給自己的作品畫海報（羞）；四年級時看了很令人悸動的偶像劇《愛似百匯》，結局了還不過癮就自己寫同人；五年級時很迷《甄嬛傳》，看了很多也寫了很多後宮題材，才導致後來文筆總帶著古風，反而成了這部現代作品很大的修稿重點（超痛苦的）；六年級接觸網路遊戲跟網遊小說，驚爲天人，於是結合心頭好古風，便有了《網遊之眞命在鄰座》最初的構想。

別看前面列了這麼多作品，好像很多產，其實每一本都斷頭了。那時我寫小說是三分鐘熱度，也不給別人看，純粹自娛罷了，失去了興致便拋諸腦後。一直到國一暑假有時間也有能力了，才眞正寫出一本一路從楔子到完結的作品，而且眞的是用「寫」的，手稿近十萬字，現在想來眞的是很驚嚇。儘管那是一本充滿主角光環、情節老套、邏輯薄弱的腦殘校園愛情，它的完成仍帶給我滿滿成就感，成爲後來作品的墊腳石，才堆出了各位手上的這本書。

話說這本網遊的修稿過程對我來說比寫手稿還痛苦，原稿被編輯姊姊點出一大堆過於簡略或繁述、邏輯不順的橋段，還因爲字數尷尬而被要求補充情節，明明該游手好閒的考後暑假頓時成了改稿煉獄。

眞的是換個位置換個腦袋，剛開始改稿時遲遲不能動工，自己給自己一種好像簽了約就必須下筆有如神的壓力，文句刪刪改改，對於寫作的信心與熱情也被刪除殆盡。然而堅持總有回報的，數十次的魚雁往返，與編輯一同反覆雕琢這部作品，最後終於呈現出最佳模樣，彷彿一個成器的兒子，令人萬分欣慰啊！

感謝我的父母支持我寫作，還有總編姊姊慧眼獨具，給予我這個機會，以及溫柔有耐心、超辛苦的責編思涵姊姊的協助，才有夢想的成眞。若再加上拿著書的你也能喜歡這個故事，那就夫復何求了啊～o(*////▽////*)q

穗初

城邦原創 長期徵稿

題材

(1) 愛情：校園愛情、都會愛情、古代言情等，非羅曼史，八萬字以上，需完結。
(2) 奇幻/玄幻：八萬字以上，單本或系列作皆可；若是系列作，請至少完稿一集以上，並附上分集大綱。

如何投稿

電子檔格式投稿（請盡量選擇此形式投稿）

(1) 請寄至客服信箱service@popo.tw，信件標題寫明：【投稿城邦原創實體書出版／作品名稱／真實姓名】（例：投稿城邦原創實體書出版／愛情這件事／徐大仁）
(2) 稿件存成word檔，其他格式（網址連結、PDF檔、txt檔、直接貼文於信件中等）恕不受理；並請使用正確全形標點符號。
(3) 請附上真實姓名、性別、聯絡電話、email、POPO原創網會員帳號、作者簡介與出版經歷。
(4) 請加入POPO原創市集(www.popo.tw/index)申請成為作家會員，並將投稿作品公開放上該網站至少4萬字，若想全文公開也可以。

紙本投稿

(1) 投稿地址：10483台北市民生東路二段141號6樓
城邦原創實體出版部收
(2) 請以A4紙列印稿件，不收手寫稿件。
(3) 請附上真實姓名、性別、聯絡電話、email、POPO原創網會員帳號、作者簡介與出版經歷。
(4) 請自行留存底稿，恕不退稿。
(5) 請加入POPO原創市集(www.popo.tw/index)申請成為作家會員，並將投稿作品公開放上該網站至少4萬字，若想全文公開也可以。

審稿與回覆

(1) 收到稿件後，約需2-3個月審稿時間，請耐心等候通知。若通過審稿，編輯部將以email回覆並洽談合作事宜，如未過稿，恕不另行通知。
(2) 由於來稿眾多，若投稿未過，請恕無法一一說明原因或給予寫作建議。
(3) 若欲詢問審稿進度，請來信至投稿信箱，請勿透過電話、部落格、粉絲團詢問。

其他注意事項

(1) 請勿抄襲他人作品。
(2) 請確認投稿作品的實體與電子版權都在您的手上。
(3) 如果您的作品在敝公司的徵稿類型之外，仍然可以投稿，只是過稿機率相對較低。

國家圖書館出版品預行編目資料

網遊之眞命在鄰座／穗初著. -- 初版. -- 臺北市；
城邦原創出版：家庭傳媒城邦分公司發行,
民 106.01
冊；　公分

ISBN 978-986-94123-0-8（上冊：平裝）

857.7　　　105023469

網遊之眞命在鄰座（上）

作　　者／穗初
企畫選書／楊馥蔓
責任編輯／陳思涵

行銷業務／林政杰
總 編 輯／楊馥蔓
總 經 理／伍文翠
發 行 人／何飛鵬
法律顧問／台英國際商務法律事務所　羅明通律師
出　　版／城邦原創股份有限公司
台北市中山區民生東路二段 141 號 6 樓
電話：(02) 2509-5506　傳眞：(02) 2500-1933
E-mail：service@popo.tw
發　　行／英屬蓋曼群島商家庭傳媒股份有限公司城邦分公司
聯絡地址：台北市中山區民生東路二段 141 號 11 樓
書虫客服服務專線：(02) 25007718・(02) 25007719
24小時傳眞服務：(02) 25001990・(02) 25001991
服務時間：週一至週五09:30-12:00・13:30-17:00
郵撥帳號：19863813　戶名：書虫股份有限公司
讀者服務信箱 email：service@readingclub.com.tw
城邦讀書花園網址：www.cite.com.tw
香港發行所／城邦（香港）出版集團有限公司
地址：香港灣仔駱克道 193 號東超商業中心 1 樓
email：hkcite@biznetvigator.com
電話：(852)25086231　傳眞：(852) 25789337
馬新發行所／城邦（馬新）出版集團 Cité(M)Sdn. Bhd.
41, Jalan Radin Anum, Bandar Baru Sri Petaling,
57000 Kuala Lumpur, Malaysia.
電話：(603) 90578822　傳眞：(603) 90576622
email:cite@cite.com.my

封面插畫／jond-D
封面設計／蔡佩紋
印　　刷／漾格科技股份有限公司
電腦排版／陳瑜安
經 銷 商／高見文化行銷股份有限公司
客服專線：0800-055-365　傳眞：(02)2668-9790

■ 2017 年（民 106）1月初版　　Printed in Taiwan

定價／230元

ISBN　978-986-94123-0-8